现代服务领域技能型人才培养模式创新规划教材

Photoshop CS5 实训教程

主　编　方奋奇

副主编　高兰德　冯小东　李　杰

中国水利水电出版社
www.waterpub.com.cn

内 容 提 要

本书是关于 Photoshop CS5 的实训教程，分为基础素质篇和综合素质篇。其中"基础素质篇"包括 12 个模块：Photoshop CS5 基础知识、调整图像的版面、应用选区、绘制和修饰图像、编辑图像、填充图像、文字处理、调整图像的色调与色彩、图层的应用、路径的应用、快速蒙版和通道的应用、千变万化的滤镜的应用等。"综合素质篇"包括广告设计、封面设计、海报设计、数码照片处理等综合性和实用性很强的企业案例创意设计任务。

本书每个模块依据要实现的技能点划分为若干个任务，每个任务都紧扣 Photoshop 教程的内容，由浅入深、循序渐进，并且给出了操作流程，每个模块后面又安排了足够多的需要独立完成的实践任务，读者在学习模块一时就可开始上机实战练习。教师也可根据自己的授课特点，灵活调整其中各模块的顺序。

本实训教程可以和任何一本 Photoshop CS5 教程配套使用。它不仅可以作为学生上机实验、实训的指导用书，也是 Photoshop 初学者和想提高实践操作能力和设计水平的其他各类人士的良好助手。

为方便用户实验，本书附有所有案例的素材和源文件，读者可以从中国水利水电出版社网站和万水书苑免费下载，网址为：http://www.waterpub.com.cn/softdown/和 http://www.wsbookshow.com。

图书在版编目（C I P）数据

Photoshop CS5实训教程 / 方奋奇主编. -- 北京：
中国水利水电出版社，2011.8
现代服务领域技能型人才培养模式创新规划教材
ISBN 978-7-5084-8855-4

Ⅰ．①P… Ⅱ．①方… Ⅲ．①图象处理软件，
Photoshop CS5－高等职业教育－教材 Ⅳ．①TP391.41

中国版本图书馆CIP数据核字(2011)第151326号

策划编辑：石永峰　　责任编辑：李 炎　　加工编辑：冯 玮　　封面设计：李 佳

书　　名	现代服务领域技能型人才培养模式创新规划教材 **Photoshop CS5 实训教程**
作　　者	主　编　方奋奇 副主编　高兰德　冯小东　李 杰
出版发行	中国水利水电出版社 （北京市海淀区玉渊潭南路 1 号 D 座　100038） 网址：www.waterpub.com.cn E-mail：mchannel@263.net（万水） 　　　　sales@waterpub.com.cn 电话：（010）68367658（营销中心）、82562819（万水）
经　　售	全国各地新华书店和相关出版物销售网点
排　　版	北京万水电子信息有限公司
印　　刷	三河市鑫金马印装有限公司
规　　格	184mm×260mm　16 开本　17.75 印张　435 千字
版　　次	2011 年 8 月第 1 版　2011 年 8 月第 1 次印刷
印　　数	0001—3000 册
定　　价	32.00 元

现代服务业技能人才培养培训模式研究与实践
课题组名单

顾　问：王文槿　　李燕泥　　王成荣

　　　　汤鑫华　　周金辉　　许　远

组　长：李维利　　邓恩远

副组长：郑锐洪　　闫　彦　　邓　凯

　　　　李作聚　　王文学　　王淑文

　　　　杜文洁　　陈彦许

秘书长：杨庆川

秘　书：杨　谷　　周益丹　　胡海家

　　　　陈　洁　　张志年

课题参与院校

北京财贸职业学院　　　　　　　　常州纺织服装职业技术学院

北京城市学院　　　　　　　　　　常州广播电视大学

国家林业局管理干部学院　　　　　常州机电职业技术学院

北京农业职业学院　　　　　　　　常州建东职业技术学院

北京青年政治学院　　　　　　　　常州轻工职业技术学院

北京思德职业技能培训学校　　　　常州信息职业技术学院

北京现代职业技术学院　　　　　　江海职业技术学院

北京信息职业技术学院　　　　　　金坛广播电视大学

福建对外经济贸易职业技术学院　　南京化工职业技术学院

泉州华光摄影艺术职业学院　　　　苏州工业园区职业技术学院

广东纺织职业技术学院　　　　　　武进广播电视大学

广东工贸职业技术学院　　　　　　辽宁城市建设职业技术学院

广州铁路职业技术学院　　　　　　大连职业技术学院

桂林航天工业高等专科学校　　　　大连工业大学职业技术学院

柳州铁道职业技术学院　　　　　　辽宁农业职业技术学院

贵州轻工职业技术学院　　　　　　沈阳师范大学工程技术学院

贵州商业高等专科学校　　　　　　沈阳师范大学职业技术学院

河北公安警察职业学院　　　　　　沈阳航空航天大学

河北金融学院　　　　　　　　　　营口职业技术学院

河北软件职业技术学院　　　　　　青岛恒星职业技术学院

河北政法职业学院　　　　　　　　青岛职业技术学院

中国地质大学长城学院　　　　　　潍坊工商职业学院

河南机电高等专科学校　　　　　　山西省财政税务专科学校

开封大学　　　　　　　　　　　　陕西财经职业技术学院

大庆职业学院　　　　　　　　　　陕西工业职业技术学院

黑龙江信息技术职业学院　　　　　天津滨海职业学院

伊春职业学院　　　　　　　　　　天津城市职业学院

湖北城市建设职业技术学院　　　　天津天狮学院

武汉电力职业技术学院　　　　　　天津职业大学

武汉软件工程职业学院　　　　　　浙江机电职业技术学院

武汉商贸职业学院　　　　　　　　鲁迅美术学院

武汉商业服务学院　　　　　　　　宁波职业技术学院

武汉铁路职业技术学院　　　　　　浙江水利水电专科学校

武汉职业技术学院　　　　　　　　太原大学

湖北职业技术学院　　　　　　　　太原城市职业技术学院

荆州职业技术学院　　　　　　　　兰州资源环境职业技术学院

上海建桥学院

实践先进课程理念　构建全新教材体系

——《现代服务领域技能型人才培养模式创新规划教材》

出版说明

"现代服务领域技能型人才培养模式创新规划教材"丛书是由中国高等职业技术教育研究会立项的《现代服务业技能人才培养培训模式研究与实践》课题[①]的研究成果。

进入新世纪以来，我国的职业教育、职业培训与社会经济的发展联系越来越紧密，职业教育与培训的课程的改革越来越为广大师生所关注。职业教育与职业培训的课程具有定向性、应用性、实践性、整体性、灵活性的突出特点。任何的职业教育培训课程开发实践都不外乎注重调动学生的学习动机，以职业活动为导向、以职业能力为本位。目前，职业教育领域的课程改革领域，呈现出指导思想多元化、课程结构模块化、职业技术前瞻化、国家干预加强化的特点。

现代服务类专业在高等职业院校普遍开设，招生数量和在校生人数占到高职学生总数的40%左右，以现代服务业的技能人才培养培训模式为题进行研究，对于探索打破学科系统化课程，参照国家职业技能标准的要求，建立职业能力系统化专业课程体系，推进高职院校课程改革、推进双证书制度建设有特殊的现实意义。因此，《现代服务业技能人才培养培训模式研究与实践》课题是一个具有宏观意义、沟通微观课程的中观研究，具有特殊的桥梁作用。该课题与人力资源和社会保障部的《技能人才职业导向式培训模式标准研究》课题[②]的《现代服务业技能人才培训模式研究》子课题并题研究。经过酝酿，于2008年底进行了课题研究队伍和开题准备，2009年正式开题，研究历时16个月，于2010年12月形成了部分成果，具备结题条件。课题组通过高等职业技术教育研究会组织并依托60余所高等职业院校，按照现代服务业类型分组，选取市场营销、工商企业管理、电子商务、物流管理、文秘、艺术设计专业作为案例，进行技能人才培养培训模式研究，开展教学资源开发建设的试点工作。

《现代服务业技能人才培养培训方案及研究论文汇编》（以下简称《方案汇编》）、《现代服务领域技能型人才培养模式创新规划教材》（以下简称《规划教材》）既作为《现代服务业技能人才培养培训模式研究与实践》课题的研究成果和附件，也是人力资源和社会保障部部级课题《技能人才职业导向式培训模式标准研究》的研究成果和附件。

《方案汇编》收录了包括市场营销、工商企业管理、电子商务、物流管理、文秘（商务秘书方向、涉外秘书方向）、艺术设计（平面设计方向、三维动画方向）共6个专业8个方向的人才培养方案。

《规划教材》是依据《方案汇编》中的人才培养方案，紧密结合高等职业教育领域中现代服务业技能人才的现状和课程设置进行编写的，教材突出体现了"就业导向、校企合作、

---

① 课题来源：中国高等职业技术教育研究会，编号：GZYLX2009-201021
② 课题来源：人力资源和社会保障部职业技能鉴定中心，编号：LA2009-10

双证衔接、项目驱动"的特点，重视学生核心职业技能的培养，已经经过中国高等职业技术教育研究会有关专家审定，列入人力资源和社会保障部职业技能鉴定中心的《全国职业培训与技能鉴定用书目录》。

　　本课题在研究过程中得到了中国水利水电出版社的大力支持。本丛书的编审委员会由从事职业教育教学研究、职业培训研究、职业资格研究、职业教育教材出版等各方面专家和一线教师组成。上述领域的专家、学者均具有较强的理论造诣和实践经验，我们希望通过大家共同的努力来实践先进职教课程理念，构建全新职业教育教材体系，为我国的高等职业教育事业以及高技能人才培养工作尽自己一份力量。

丛书编审委员会

现代服务领域技能型人才培养模式创新规划教材
平面设计专业编委会

主　任：杜文洁

副主任：（排名不分先后）

　　　　卜一平　秦　俊　刘明国　周建辉　韦　云　穆肇南

委　员：（排名不分先后）

　　　　李岱松　马晟姚　李　凯　白　萍　王晓红　于振丹

　　　　徐　航　夏勋南　陈　勤　刘艳芳　王志阳　李　彬

　　　　丛国凤　林　琳　李中扬　仇宏州　赵　斌　金　兵

　　　　梁　露　胡芬玲　马　骏　刘　涛　刘　洋　唐少维

　　　　石明祥　杨云勇　张思思　仝妍妍　周　蓓　郑　宏

　　　　曹　丽　耿晓蕾　侯治伟　蔡世新　刘浩然　刘丽琼

　　　　崔　贺　王　静　姜　杰　王树彬　王晓荧　赵新英

　　　　刘　佳　邱　爽　脱　雷　赵宇赤　唐保平　王荣国

　　　　方奋奇　高兰德　冯小东　李　杰

前　言

Photoshop 是美国 Adobe 公司出品的在 Windows 平台上运行的、国际上最流行、最优秀、应用最广泛的图像处理软件。应用该软件可以创意、设计和制作出在出版和传播等各种媒体上具有丰富视觉效果的作品。它的应用范围涉及平面设计、影视制作、版面设计、艺术创作、数码照片后期处理、网页设计等多个领域。因此，市场上关于 Photoshop 的书籍很多，尤其是实例书可谓琳琅满目，但想找一本能与教程配合使用、由浅入深、实用性和指导性较强的实验、实训教程却非常之难。

因此，依据教育部制定的《高职高专教育基础课程教学的基本要求》和《高职高专教育专业人才培养目标与规格》的要求，编者结合多年的教学实践经验和所积累的素材，精心编写了这本实训教程。本书在编写过程中特别注重由浅入深、循序渐进的原则，并且根据每个知识和技能点编写各模块的任务。因此，当学生在学习模块一时就可在本书的指导下，上机充分练习相对应的技能，使学生及时巩固和掌握所学的知识和技能，并很快就能进行一些简单的设计制作。同时本书也注重内容的实用性，从实战的角度出发，基本上每个任务都是一个完整的设计。本书中各任务无论从创意、构图、色彩、技巧还是版式都融进了现代平面设计理念。通过对本书中各任务的具体执行和操作，学生不但能够巩固所学的技能，掌握 Photoshop 的使用方法和应用技巧，并能进行一些较高水平的设计制作。

本书内容由两部分组成，第一部分为基础素质篇，包括 Photoshop CS5 基础知识、调整图像的版面、应用选区、绘制和修饰图像、编辑图像、填充图像、文字处理、调整图像的色调与色彩、图层的应用、路径的应用、快速蒙版和通道的应用、千变万化的滤镜的应用等 12 个模块。每个模块中依据知识和技能点划分为若干个任务。每个任务首先提出具体要做什么，将任务分解为若干步骤，然后逐步介绍完成任务的方法和途径。每个任务都力求突出代表性、典型性和实用性。在所有模块后面又安排了足够多的实践任务，学生需根据所给的任务要求、目标、效果图以及简单的提示独立完成制作。目的是使学生能主动地、积极地进行独立思考和自主探索，在独立完成任务过程中充分发挥现有知识和技能，探索和拓展新知识和技能，提高分析问题和解决问题的能力，同时对软件的操作水平得到进一步的提高。第二部分为综合素质篇，包括广告设计、封面设计、海报设计、数码照片处理等实用性很强的企业案例创意设计任务。这部分内容是关于 Photoshop 技能的综合应用，通过完成这些任务，可以使学生进一步提高综合运用 Photoshop 解决问题的能力。本篇所有任务都给出了明确的要求、目的和解决问题的方法与途径。

本书可作为大中专院校学生学习 Photoshop 课程时的上机实训指导用书，也可作为 Photoshop 初学者和想提高实践操作能力、设计水平的其他各类人士的良好助手。

本书由方奋奇任主编，高兰德、冯小东、李杰任副主编。由于编者水平有限，加之时间仓促，书中难免有疏漏和错误之处，恳请广大读者批评指正。

编者

2011 年 6 月

目 录

基础素质篇

模块一　Photoshop CS5 基础知识

任务导读：

本模块用来熟悉 Photoshop CS5 的工作界面的操作和基本工作流程的操作任务。通过对模块任务的执行，更熟悉 Photoshop CS5 的工作界面和掌握基本的工作流程。

基本技能

- 对 Photoshop CS5 的工作界面的设置
- 在 Photoshop CS5 新建文件、存储文件、打开文件的方法

任务一　熟悉和设置 Photoshop CS5 的工作界面

子任务 1　熟悉 Photoshop CS5 的工作界面

1. 目的和要求
- 学会如何启动 Photoshop CS5 软件。
- 熟悉 Photoshop CS5 的工作界面。
2. 具体执行过程

（1）执行"开始"→"程序"→Adobe Photoshop CS5（或双击桌面的 Adobe Photoshop CS5 图标）打开 Photoshop CS5 应用程序。

（2）默认工作界面主要组成部分：标题栏、菜单栏、工具选项栏、控制面板、工具箱、图像窗口和状态栏等。如图 1-1 所示。

（3）单击工作界面上每一部分的按钮进行查看，初步了解各部分的功能。

子任务 2　设置默认工作区

1. 目的和要求
- 学会如何设置默认工作区。
2. 具体执行过程

（1）Photoshop CS5 共有七个默认工作区："基本功能"、"设计"、"绘画"、"摄影"、"3D"、"动感"、"CS5 新功能"等。打开 Photoshop CS5 应用程序时默认显示为常用的"基本功能"工作区。如图 1-2 所示。

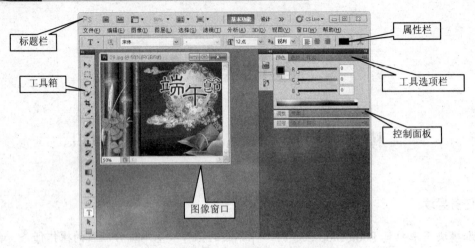

图 1-1　工作界面

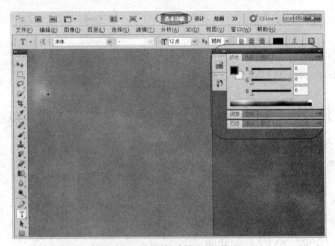

图 1-2　"基本功能"工作区

（2）单击"设计"按钮，进入"设计"工作区。如图 1-3 所示。

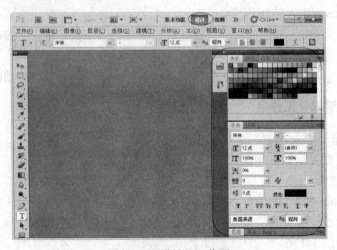

图 1-3　"设计"工作区

（3）单击"绘画"按钮，进入"绘画"工作区。如图1-4所示。

图1-4　"绘画"工作区

（4）如果要打开的工作区按钮没有在屏幕上显示，则单击"显示更多工作区和选项"按钮 打开隐藏的菜单选择所要的工作区即可。例如图1-5所示的是打开"3D"工作区。

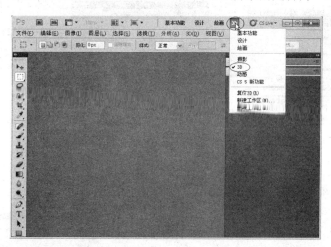

图1-5　"显示更多工作区和选项"

总结： 不同的工作区只是展开的控制面板不同，软件功能是完全相同的。

子任务 3　自定义工作区

1．目的和要求
- 学会关闭或显示控制面板。
- 学会展开或收缩控制面板的方法。
- 学会重新组合控制面板。
- 学会自定义工作区。

2．具体执行过程

（1）控制面板的关闭和显示：Photoshop 中所有的控制面板都可以根据需要关闭和显示。

①关闭控制面板：为了增大图像显示区域，可关闭不常用的控制面板。首先将光标放在某控制面板（组）上面的灰色区域（如图 1-6 所示的光标所在位置）按住左键拖动到某一位置后放开左键使面板浮动起来，然后单击面板右上角的关闭  按钮即可关闭控制面板（组）。如图 1-7 所示。

②显示控制面板：要使某控制面板显示，则打开"窗口"下拉菜单，单击要显示的控制面板名称将其勾选即可。如图 1-8 所示（注：如果名称后面有快捷键，按相应快捷键也可打开或关闭该面板）。

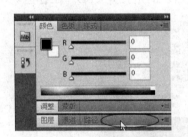

图 1-6　控制面板上面的灰色区域

图 1-7　关闭控制面板

图 1-8　"窗口"下拉菜单

（2）展开或收缩控制面板：将光标放在控制面板上如图 1-9（或图 1-10）所示的区域双击即可展开（或收缩）控制面板。

图 1-9　双击左键展开面板

图 1-10　双击左键收缩面板

（3）重组控制面板：编辑图像时可以将不常用的控制面板关闭，将常用的面板重新组合，这样可以增大图像显示区。

①现将"图层"、"通道"、"路径"和"历史记录"面板组合。将光标放在"历史记录"面板图标上（如图 1-11 所示），按住左键拖动到如图 1-12 所示的位置放开左键即可组合成如图 1-13 所示的面板组。

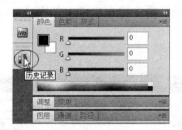

图 1-11　按住"历史记录"面板拖动

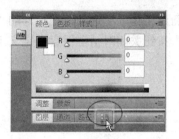

图 1-12　在此位置放开左键

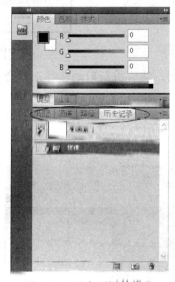

图 1-13　四个面板的组合

②利用上述的方法将其他面板关闭，在工作区只留下此面板组。如图 1-14 所示。

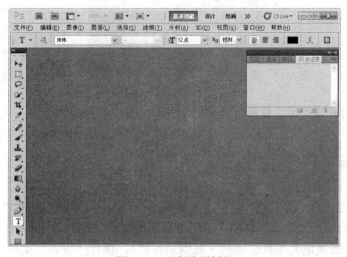

图 1-14　只留此面板组

（4）自定义工作区：可将刚才的工作区保存，当再次启动 Photoshop 软件时仍然可以恢复自定义的工作区。单击"显示更多工作区和选项"按钮 ❯❯ 打开隐藏的菜单，如图 1-15 所示。

选择"新建工作区"选项，在打开的"新建工作区"对话框中输入名称。如图 1-16 所示。按"存储"按钮关闭对话框保存自定义工作区。

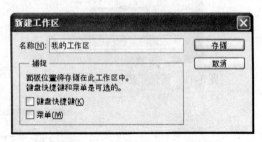

图 1-15 打开隐藏的菜单　　　　　　　　　图 1-16 "新建工作区"对话框

（5）将 Photoshop 软件关闭，然后重新启动软件，将会看到刚才自定义的工作区。如图 1-17 所示。

（6）如果想切换到某个默认的工作区，可单击"显示更多工作区和选项"按钮，选择想要的工作区即可。如图 1-18 所示。

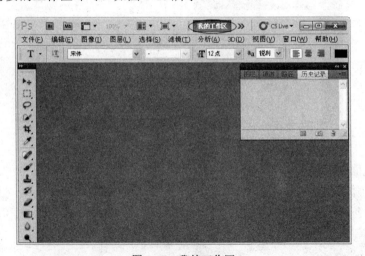

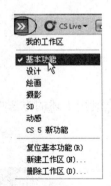

图 1-17 我的工作区　　　　　　　　　　　图 1-18 切换工作区

子任务 4　打开或关闭工具箱及选项栏

1. 目的和要求
● 学会打开或关闭工具箱及选项栏。

2. 具体执行过程

（1）打开（或关闭）工具箱：如果工具箱不小心被关闭了，可以执行"窗口"菜单→"工具"命令，将其勾选即可打开工具箱（关闭时取消勾选）。如图 1-19 所示。

（2）打开（或关闭）工具选项栏（或叫属性栏）：执行"窗口"菜单→"选项"命令，将其勾选即可打开工具选项栏（关闭时取消勾选）。如图 1-20 所示。

（3）工具箱单双列显示切换：单击工具箱上的双向箭头（如图 1-21 所示）即可将工具箱变成双列显示，如图 1-22 所示（若需单列显示，可用同样的方法）。

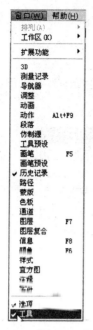

图 1-19　选择"工具"　　　　　　　　图 1-20　选择"选项"

图 1-21　单列显示　　　　　　　　图 1-22　双列显示

任务二　练习基本工作流程

子任务 1　新建文件和保存文件

1. 目的和要求

● 学会新建文件和保存文件的方法。

2. 完成思路

新建文件→存储文件→关闭文件。

3. 具体执行过程

（1）执行"文件"菜单→"新建"命令（或直接按快捷键 Ctrl+N）打开"新建"对话框。在弹出的对话框中设置各项参数如图 1-23 所示。

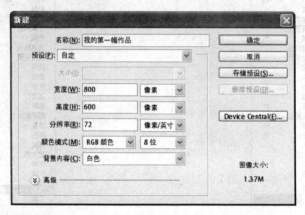

图 1-23　"新建"对话框

（2）新建文件后的工作界面如图 1-24 所示。

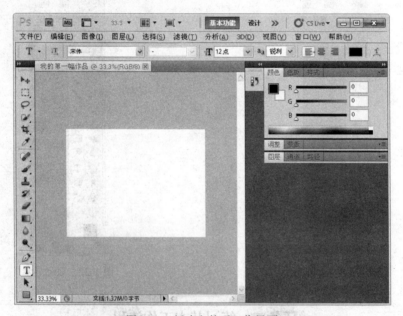

图 1-24　新建文件后工作界面

（3）可拖动如图 1-25 所示的区域变成如图 1-26 所示的文件显示窗口。

（4）选择工具箱中的工具随意绘制点图像。

（5）执行"文件"菜单→"存储"命令（或直接按快捷键 Ctrl+S），在弹出的"存储为"对话框中选择文件格式为"PSD"，文件名称为默认，选择好存储路径后单击"保存"按钮存储文件。如图 1-27 所示。

图 1-25　拖动框选区域改变文件显示窗口

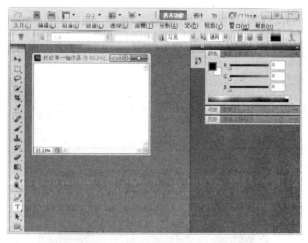

图 1-26　文件显示窗口改变后效果

图 1-27　"存储为"对话框

（6）再将文件另存为 JPG 格式。按快捷键 Ctrl+Shift+S，在弹出的"存储为"对话框中选择文件格式为"JPEG"，单击"保存"按钮存储文件。在弹出的"JPEG 选项"对话框中设置"图像选项"栏中的"品质"为 8，单击"确定"按钮。如图 1-28 所示。

（7）单击文件右上角的按钮将文件关闭（或按快捷键 Ctrl+W）。如图 1-29 所示。

图 1-28 "JPEG 选项"设置

图 1-29 关闭文件

子任务 2 打开文件

1. 目的和要求

● 学会打开文件的几种方法。

2. 完成思路

用不同方法打开文件。

3. 具体执行过程

方法一：执行"文件"菜单→"打开"命令（或直接按快捷键 Ctrl+O），在弹出的"打开"对话框中选择需要打开的文件双击或单击后单击"打开"按钮即可打开文件。如图 1-30 所示。

图 1-30 "打开"对话框

方法二：执行"文件"菜单→"在 Bridge 中浏览"命令（或直接按快捷键 Ctrl+Alt+O），

打开 Bridge 浏览器（在该浏览器中可以浏览 PSD 文件），选择需要打开的文件双击即可打开。如图 1-31 所示。

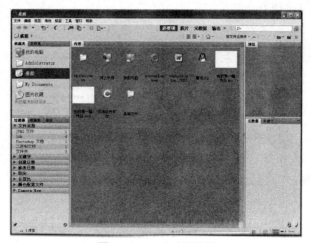

图 1-31　Bridge 浏览器

　　方法三：执行"文件"菜单→"在 Mini Bridge 中浏览"命令，打开 Mini Bridge 浏览器（在该浏览器中也可以浏览 PSD 文件），选择需要打开的文件双击即可打开。如图 1-32 所示。

图 1-32　Mini Bridge 浏览器

　　方法四：可在 PSD 文件上直接双击打开文件。如果 Photoshop 软件没有打开，则会同时打开 Photoshop 软件。

　　注：其他格式的文件不能用这种方法在 Photoshop 软件中打开，必须用另外五种打开方式才能在 Photoshop 软件中打开。

方法五：可将光标放在文件上按住左键不放，直接拖动到打开的 Photoshop 软件的空白区域，如图 1-33 所示。在任意位置放开左键即可打开该文件（只要在 Photoshop 中能打开的任何格式的文件都可以用此种方法）。

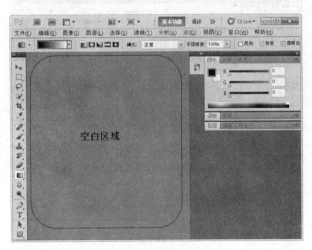

图 1-33　空白区域

方法六：也可以将文件以另一种格式的文件打开。执行"文件"菜单→"打开"命令（或直接按快捷键 Ctrl+Alt+Shift+O），在弹出的"打开为"对话框中选择需要打开的文件格式，再选择要打开的文件双击或单击后单击"打开"按钮即可打开文件。如图 1-34 所示。

图 1-34　"打开为"对话框

实践任务

任务 1：创建并保存文件名为"我的设计"的文件

1. 要求

（1）文件大小为 80×60 毫米、分辨率为 300 像素/英寸、模式为 CMYK、透明背景的文件。

（2）在文件中显示标尺（提示：按 Ctrl+R 组合键打开或隐藏标尺）。

（3）需将文件存储为"PSD"和"jpg"两种格式。

（4）先关闭文件，然后用三种不同的方式打开文件。

2．目的

（1）通过对该任务的独立完成能够熟练地创建各种尺寸、分辨率、模式和背景的文件。

（2）能熟练地将文件保存成各种格式。

（3）能熟练地在 Photoshop 软件中打开文件。

任务 2：熟悉标题栏左面几个按钮的功能

1．要求

将标题栏左面几个按钮（如图 1-35 所示）打开查看其功能。

图 1-35　标题栏

2．目的

通过对该任务的执行能够熟悉这几个按钮的功能。

模块二　调整图像的版面

任务导读：

本模块是关于调整图像版面的任务模块，包括裁切图像、调整图像的大小和分辨率。通过对任务的执行，掌握裁切图像中要保留图像部分的方法，调整图像大小和分辨率。

基本技能：

- 裁切工具的应用
- 图像大小和分辨率的调整
- 画布的旋转

任务一　裁切图像

1. 目的和要求
- 学会如何从一幅素材图片中将无用的图像裁切掉只留下有用的图像。
- 学会将倾斜的图像经裁切后放正。

2. 完成思路

打开素材图片→用裁切工具选中保留区域→应用裁切效果后保存文件。

3. 具体执行过程

（1）打开"素材"图片，按 Ctrl+Shift+S 组合键将图像存储为"裁切后效果图"，并选择"格式"为 JPEG。如图 2-1 所示。

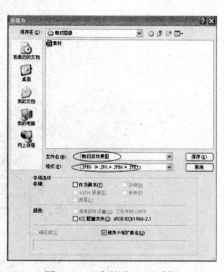

图 2-1　"存储为"对话框

（2）选择工具箱中的裁切工具，将属性栏上的"透视"勾选。如图 2-2 所示。

图 2-2　裁切工具属性栏

（3）调整裁切框四个角上的控制点到需要裁切的角点上（调整过程中随时按 Ctrl++键放大图像或按 Ctrl+－键缩小图像，以便能将控制点较准确地拖到需要裁切的位置上）。如图 2-3 所示。按 Enter 键应用裁切。裁切后效果如图 2-4 所示。

图 2-3　调整裁切框　　　　　　　　　　　　　　图 2-4　裁切效果图

（4）按 Ctrl+S 组合键保存文件。

任务二　调整图像的大小和分辨率

1. 目的和要求
- 学习对图像大小和分辨率的调整方法。
- 将素材文件的大小调整为高度 400 像素（锁定长宽比），分辨率 72 像素/英寸，能在网页上使用的图片。

2. 完成思路

打开素材图片→调整图像的大小和分辨率→保存文件。

3. 具体执行过程

（1）打开素材图片，按 Ctrl+Shift+S 组合键将图像存储为"调整后效果图"，并选择"格式"为 JPEG。如图 2-5 所示。

（2）执行"图像"菜单→"图像大小"命令，在打开的窗口中设置各项参数后单击"确定"按钮。如图 2-6 所示。最终效果如图 2-7 所示（文件变小了，但图像没有被裁切）。

（3）按 Ctrl+S 组合键保存图像文件。

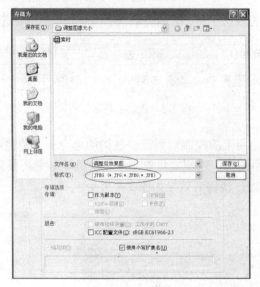

图 2-5　"存储为"对话框

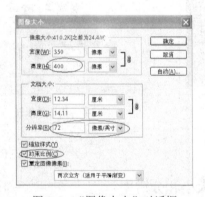

图 2-6　"图像大小"对话框

图 2-7　效果图

实践任务

任务 1：裁切并旋转图片

1. 要求

（1）将"裁切并旋转图片"文件夹中的"收音机"（如图 2-8 所示）素材中人像的那部分
（如图 2-9 所示）裁切下来。

图 2-8　收音机

（2）再将画布旋转 45 度（提示：在"图像"菜单下）得到如图 2-10 所示的效果。

图 2-9　人像

图 2-10　旋转画布

（3）将文件另存为名称为"裁切图像"的文件。

2．目的

（1）通过对该任务的独立完成能够熟练地将素材中的无用部分用裁切工具裁切掉。

（2）能熟练地将图像旋转成任意角度。

任务 2：调整照片的大小和分辨率

1．要求

找一张自己的照片（用照相机照的）将其宽度调整为 300 像素（锁定长宽比），分辨率调整为 72 像素/英寸的文件以便传到网上。

2．目的

学会熟练地调整图像的大小和分辨率的方法。

模块三　应用选区

任务导读:

本模块是关于对选区操作的任务模块，包括用规则选区工具绘制选区、用不规则选区工具绘制选区和对选区的羽化、描边等操作。通过对任务的执行，要掌握用规则选区工具和不规则选区工具绘制选区的方法，对选区的羽化和描边的方法。

基本技能

- 规则选区工具的应用
- 不规则选区工具的应用
- 对选区的羽化、描边和修改

任务一　应用规则选区工具

子任务 1　羽化图片

1. 目的和要求
- 学会熟练应用绘制规则形状选区的工具绘制选区。
- 学会为图像边缘添加羽化效果，使图像能够很好地与背景融合。
- 学会先绘制选区再羽化的方法。
- 掌握将选区反向选择的快捷键。
- 掌握填充背景色的快捷键。

2. 完成思路

打开素材图片→绘制选区→羽化选区→反选选区后删除图像（或填充背景色）。

3. 具体执行过程

（1）在 Photoshop 软件中双击空白区，在弹出的"打开"对话框中选择"素材"文件打开。

（2）选择工具箱中的矩形选框工具▣，在文件中绘制出一个矩形选区。如图 3-1 所示。

（3）将光标放在文件中右击弹出右键菜单，选择"羽化…"选项。如图 3-2 所示。在弹出的"羽化"对话框中设置羽化半径为 20。如图 3-3 所示。

（4）单击"确定"按钮，选区效果如图 3-4 所示。按 Ctrl+Shift+I 组合键反选选区。如图 3-5 所示。

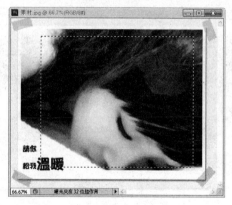

图 3-1　矩形选区

图 3-2　右键菜单

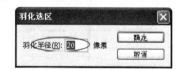

图 3-3　"羽化"对话框

图 3-4　羽化后的选区

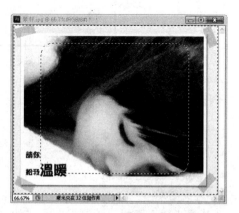

图 3-5　反选选区

（5）按 Ctrl+Delete 组合键用背景色填充选区（注：默认背景色为白色）。如图 3-6 所示。按 Ctrl+D 组合键取消选区。最终效果如图 3-7 所示。

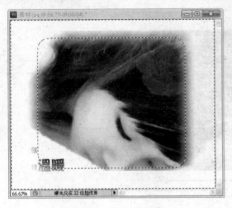

图 3-6　填充背景色　　　　　　　　　　　　　　　图 3-7　效果图

（6）按 Ctrl+ Shift+S 组合键将文件存储为"羽化效果. PSD"。如图 3-8 所示。

图 3-8　"存储为"对话框

子任务 2　制作"美好童年"

1. 目的和要求
● 练习制作选区。
● 练习为选区描边。

2. 完成思路
打开"背景"素材→绘制选区→描边→复制素材图片。

3. 具体执行过程
（1）打开"背景"素材，按 Ctrl+Alt+Shift+N 组合键新建"图层 1"。选择矩形选框工具
绘制一矩形选区。如图 3-9 所示。

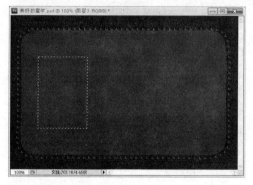

图 3-9　矩形选区

（2）执行"编辑"菜单→"描边"命令，打开"描边"对话框。如图 3-10 所示。设置"宽度"为 1px，颜色为 819978，单击"确定"按钮为选区描边。效果如图 3-11 所示。

图 3-10　"描边"对话框

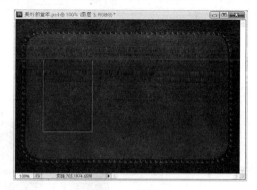

图 3-11　效果图

（3）按 Ctrl+J 组合键复制"图层 1"得到"图层 1 副本"。按 Ctrl+T 组合键对"图层 1 副本"图像进行自由变换。如图 3-12 所示。按住 Alt+Shift 组合键（以中心点等比缩放），向内拖动自由变换框的角点缩小图像，再按 Enter 键应用自由变换。效果如图 3-13 所示。

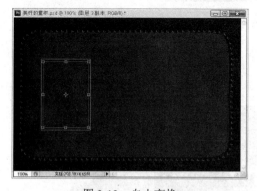

图 3-12　自由变换

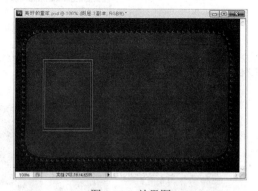

图 3-13　效果图

（4）打开"素材 1"，选择工具箱中的移动工具将图像拖到"美好的童年"文件中。按 Ctrl+T 组合键对图像进行自由变换，缩小图像并按 Enter 键应用自由变换。效果如图 3-14 所示。

（5）将前景色置为 c6d1ac。选择横排文字工具 T，在属性栏上单击"居中对齐文本"按钮，字体和大小如图 3-15 所示。

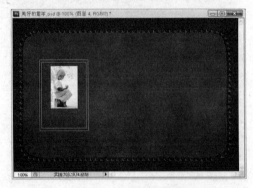

图 3-14　应用自由变换

图 3-15　文字工具属性栏

（6）输入文字 Forget the good times of childhood。输入 Forget 后按 Enter 键换行再输入后面的文字。选中 Forget，设置字的大小为"7 点"，其余文字大小为"5 点"。 按 Ctrl+Enter 组合键退出对文字的编辑。如图 3-16 所示。

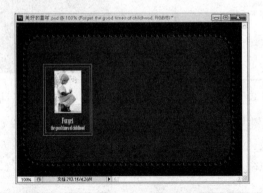

图 3-16　输入文字

（7）打开"素材 2"，用上述同样的方法复制到"美好的童年"文件中，调整大小和位置后得到最后的效果如图 3-17 所示。

图 3-17　最终效果图

（8）按 Ctrl+Shift+S 组合键将文件另存为"美好的童年"，格式选择"PSD"。

任务二　应用不规则选区工具

子任务 1　制作戒指广告

1. 目的和要求

● 练习套索工具的使用方法。

● 练习羽化选区的方法。

2. 完成思路

打开素材图片→分别将戒指图片和婚纱图片设置一定羽化值后选中拷贝到背景文件中。

3. 具体执行过程

（1）打开"背景"素材。按 Ctrl+Shift+S 组合键将文件存储为"戒指广告"，格式为"PSD"。如图 3-18 所示。

图 3-18　"存储为"对话框

（2）打开"戒指"素材。选择工具箱中的套索工具 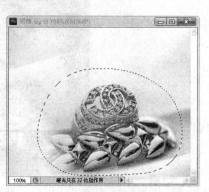，在属性栏上设置"羽化"值为 30px，如图 3-19 所示。拖动光标绘制出选区。如图 3-20 所示。

图 3-19　套索工具属性栏

图 3-20　绘制选区

（3）选择工具箱中的移动工具![移动工具图标]，将光标放在选区中按住左键拖动选区中的戒指图像到"戒指广告"文件中。如图 3-21 所示。

图 3-21　移动工具属性栏

（4）打开"婚纱照"素材。选择工具箱中的套索工具![套索工具图标]，在属性栏上设置"羽化"值为 50px，在文件中绘制选区，如图 3-22 所示。然后用移动工具将选区中的图像拖到"戒指广告"文件中。效果如图 3-23 所示。

图 3-22　绘制选区

图 3-23　效果图

（5）打开"装饰条"素材，用移动工具拖到"戒指广告"文件中得到最后的效果。如图 3-24 所示。

图 3-24　最终效果图

子任务 2　制作化妆品广告

1. 目的和要求
- 学会用移动工具在两个图像文件之间复制图像的方法。
- 学会使用魔棒工具创建选区。

2. 完成思路

打开素材图片→将花与化妆品图像抠出复制到人物图像中。

3. 具体执行过程

（1）打开素材库中"化妆品广告"的所有图片。

（2）选择工具箱中的魔棒工具 ，在属性栏中设置"容差"的数值为 20，并勾选"连续的"复选框。如图 3-25 所示。

图 3-25　魔棒工具属性栏

（3）单击文件 3 中玫瑰花的蓝色背景将其选中。如图 3-26 所示。执行"选择"菜单→"羽化"命令（或直接按 Ctrl+Alt+D 快捷键）。在弹出的"羽化选区"对话框中设置羽化半径为 1 像素（这是对已建立好的选区进行羽化的方法），如图 3-27 所示。单击"好"按钮应用。

图 3-26　选择背景

图 3-27　"羽化选区"对话框

（4）选择"选择"菜单→"反选"命令，如图 3-28 所示，即可选中被羽化了边缘的玫瑰花（或直接按 Ctrl+Shift+I 快捷键）。如图 3-29 所示。

图 3-28　反选

图 3-29　选中玫瑰花

（5）用 Ctrl+C 组合键将玫瑰花拷贝在剪贴板上，激活文件 3，用 Ctrl+V 组合键粘贴剪贴板上的图像。选择工具箱中的移动工具 ，将玫瑰花移动到合适的位置。如图 3-30 所示。再用同样的方法复制一朵玫瑰花放在如图 3-31 所示的位置。

图 3-30　粘贴玫瑰花

图 3-31　复制玫瑰花

（6）选择工具箱中的移动工具 。将图片 1 直接用移动工具拖到（复制到）文件 3 中。如图 3-32 所示。选择工具箱中的魔棒工具 ，在瓶子的白色背景中单击将其选中，按 Delete 键删除。按 Ctrl+D 组合键取消选区。用移动工具将瓶子移到合适的位置。最终效果如图 3-33 所示。

图 3-32　复制图片 1

图 3-33　最终效果图

子任务 3　给人像换背景

1. 目的和要求
● 　通过练习能熟练地应用快速选择工具下的"调整边缘"抠图。
2. 完成思路
打开素材图片→用快速选择工具制作选区→用"调整边缘"调整。
3. 具体执行过程
（1）打开"人物"素材。按 Ctrl+Shift+S 组合键将图像存储为"换背景"，并选择"格式"为 PSD。如图 3-34 所示。
（2）按 Ctrl+J 组合键复制背景图层以防后面的操作失败。选择工具箱中的快速选择工具 ，按左、右方括号键[或]调整笔尖大小，在需要抠的图上拖动光标形成选区（在选择中如果选中了不需要的区域，可按住 Alt 键临时变成减选选区，在不需要选择的区域中拖动光标将多余的选区减选掉。但必须要把发丝全部选在选区中）。如图 3-35 所示。

（3）在属性栏上将"自动增强"勾选。如图 3-36 所示。单击属性栏上的"调整边缘"按钮打开"调整边缘"对话框。如图 3-37 所示。

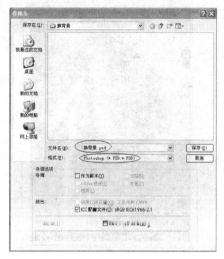

图 3-34 　"存储为"对话框　　　　　图 3-35 　选择需要抠的图

图 3-36 　勾选"自动增强"

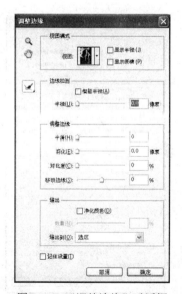

图 3-37 　"调整边缘"对话框

（4）单击对话框中"视图模式"中的"视图"右边的下拉按钮弹出隐藏菜单，在菜单中选择"黑底(B)"，以黑色为背景以便操作时对比（可在弹出的菜单旁单击使菜单收回）。如图 3-38 所示。此时图像显示的效果如图 3-39 所示。

（5）在"调整边缘"对话框中选择"调整半径工具"，如图 3-40 所示。按左、右方括号键[或]调整笔尖大小，在图中将没去除背景的地方涂抹扩大区域，在头发缝隙区域涂抹，去除缝隙中的背景色（可将"智能半径"勾选）。

（6）"调整半径工具"和"抹除调整工具"可以交替使用。按住 Alt 键单击"调整半径工具"或"抹除调整工具"按钮可以相互切换。"调整半径工具"是用来删除背景的，"抹除调整工具"

是用来恢复用"调整半径工具"涂抹时不小心删除的图像的。此时图像效果如图 3-41 所示。

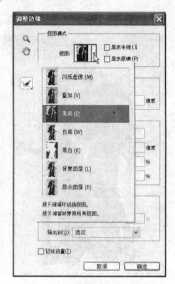

图 3-38 "调整边缘"对话框

图 3-39 图像效果

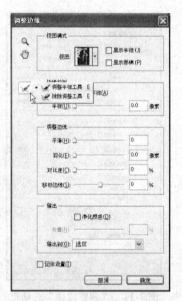

图 3-40 调整半径工具

图 3-41 图像效果

（7）在"调整边缘"对话框中勾选"净化颜色"以移去图像的彩色边，如图 3-42 所示。"数量"的大小根据自己抠图的效果设置，输出到"新建图层"则会自动新建一图层将所抠的图像放在其上。单击"确定"按钮，"图层"面板如图 3-43 所示。

（8）图像效果如图 3-44 所示。

（9）打开素材"背景"，按 Ctrl+Shift+S 组合键将图像存储为"换背景效果图"，并选择"格式"为 PSD。选择工具箱中的移动工具，将刚才所抠的人物图像直接拖动到"换背景效果图"文件中。如图 3-45 所示。

图 3-42　勾选"净化颜色"

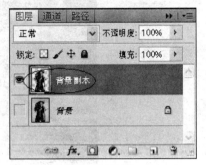

图 3-43　"图层"面板

图 3-44　所抠的图像效果

图 3-45　复制人物图像

（10）人物周围还有一点淡淡的背景可用橡皮擦工具擦除。选择工具箱中的橡皮擦工具
，光标放在图像上右击，在弹出的右键窗口中选择"柔边圆"笔尖，选择合适的大小。如
图 3-46 所示。

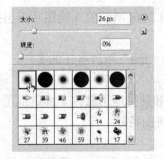

图 3-46　选择笔尖

（11）在人物图层上淡淡的背景上拖动光标或点击光标，直至背景擦除（注意不要将发丝擦除）。最终效果如图 3-47 所示。

图 3-47　最终效果图

（12）按 Ctrl+S 组合键保存图像文件。

实践任务

任务 1：用对选区的操作技术设计一幅简单的作品

1．要求

（1）作品内容不限，题目自拟，素材自备。

（2）文件的尺寸：宽度和高度分别不超过 70 厘米、分辨率为 72 像素/英寸、模式为 RGB。

（3）作品中要有羽化效果。

（4）需将文件存储为"PSD"和"jpg"两种格式。

2．目的

（1）通过对该任务的独立完成能够熟练地应用选区工具绘制选区。

（2）能熟练地用两种不同的方法对选区进行羽化。

（3）能熟练地在作品中应用羽化效果。

任务 2：换背景

1．要求

（1）将"换背景"中的如图 3-48 所示的人物图片抠出换上如图 3-49 所示的背景图片，得到如图 3-50 所示的效果图。

（2）要求存储为"PSD"和"jpg"两种格式的文件。

2．目的

通过对该任务的独立完成能够熟练地用魔棒工具组抠图。

任务 3：将照片做成马赛克拼图特效

1．要求

（1）先自己选择四幅图片拼接成如图 3-51 所示的效果。

图 3-48 人物

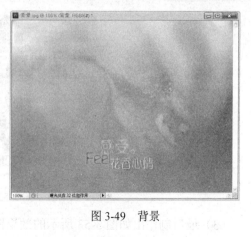

图 3-49 背景

图 3-50 效果图

图 3-51 拼接图片

（2）再制作如图 3-52 所示的方格。

图 3-52   制作方格

（3）最后制作出如图 3-53 所示的效果图（可将多余部分裁切掉）。

图 3-53   效果图

（4）要求存储为"PSD"和"jpg"两种格式的文件。

2. 目的

（1）通过对该任务的独立完成能够熟练应用对图像单边羽化的方法。

（2）熟练应用单行选区工具和单列选区工具。

（3）熟练加选选区的方法。

（4）学会扩展选区的方法。

3. 提示

（1）对图像单边进行羽化的方法。可先将没羽化的图像拼接起来，然后在属性栏设定羽化值，使用矩形选框工具将准备羽化的图像的那个边框选在选区中（边缘放在选区中间），按 Delete 键删除选区中的图像，取消选区即可得到所要效果。

（2）半透明方块的制作。新建图层，使用矩形选框工具绘制矩形，填充白色，调整图层的不透明度即可。

模块四　绘制和修饰图像

任务导读：

本模块是关于用绘图工具绘制图像和用修图工具对图像进行修饰的任务模块。通过对该模块任务的执行，要熟练掌握绘图工具的应用，掌握用修图工具修图的方法。

基本技能：

- 画笔工具和铅笔工具的使用方法
- 画笔预设的方法
- 修复画笔工具组和仿制图章工具组的用法
- 历史记录画笔工具组的用法

任务一　绘制可爱的睫毛

1. 目的和要求
- 学会载入的笔刷方法。
- 熟练应用画笔工具绘制图像。
2. 完成思路

打开素材图片→选择画笔→载入画笔→选择笔尖和设置大小绘制图像。

3. 具体执行过程

（1）打开"绘制睫毛"文件夹中的"人物"素材。

（2）将前景色置为黑色。按 Ctrl+Alt+Shift+N 组合键新建"图层 1"。在工具箱中激活画笔工具 ✐ 按钮，按 F5 键打开"画笔"面板，如图 4-1 所示。单击面板上的"画笔预设"按钮打开"画笔预设"面板。如图 4-2 所示。

（3）下面载入从网上下载的画笔（画笔已下载，放在素材文件夹内）。单击"画笔预设"面板右上角的向下箭头（如图 4-3 所示）打开下拉菜单，选择"载入画笔"选项。如图 4-4 所示。

（4）在打开的"载入"对话框中找到放画笔的文件夹，选择画笔文件。如图 4-5 所示。

（5）在"画笔预设"对话框中选择 728 号画笔。如图 4-6 所示。按左方括号键[缩小画笔，绘制睫毛。最终效果如图 4-7 所示。

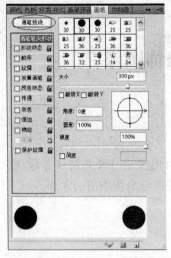

图 4-1　"画笔"面板

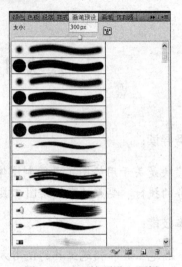

图 4-2　"画笔预设"面板

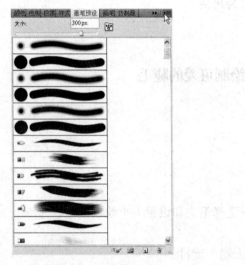

图 4-3　右上角箭头

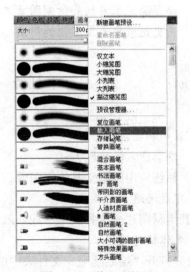

图 4-4　"载入画笔"

图 4-5　"载入"对话框

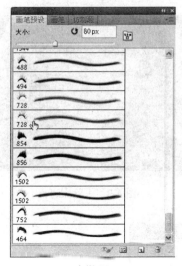

图 4-6　选择 728 号画笔

图 4-7　最终效果图

（6）按 Ctrl+Shitt+S 组合键将文件存储为"绘制睫毛.PSD"。

任务二　给人像"磨皮"

1. 目的和要求
- 掌握污点修复工具和修复画笔工具的使用方法。
- 掌握历史记录画笔工具的使用方法。

2. 完成思路

首先用修复画笔工具将大斑点修复→使用高斯模糊滤镜模糊图像 →用历史记录画笔工具恢复不用模糊的图像。

3. 具体执行过程

（1）打开"人物"素材，按 Ctrl+Shift+S 组合键将图像存储为"效果图"，并选择"格式"为 PSD。

（2）按 Ctrl+J 组合键复制"背景"图层。先用修复画笔工具 ![]将脸上的大斑点去掉。选择修复画笔工具，将光标放在皮肤好的地方，按住 Alt 键单击取样。然后在斑点处涂抹。

（3）再用污点修复工具将不太明显的斑点去除（如果可以用此工具去除大斑点，就可以不用前面的那步了）。选择工具箱中的污点修复工具 ![]，在图像区右击打开设置笔尖的窗口。设置笔尖"大小"和"硬度"如图 4-8 所示。

（4）用光标在图像中有斑点的地方单击（若笔尖大小不合适可随时按左右方括号键[或]调整笔尖大小），直至去除大斑点。如图 4-9 所示。

（5）执行"滤镜"菜单→"模糊"→"高斯模糊"命令，在打开的对话框中设置模糊半径值（可根据用污点修复工具修复的结果设置。不能太大，太大会使皮肤看起来很假）。如图 4-10 所示。

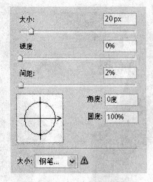

图 4-8　设置笔尖

图 4-9　去除大斑点

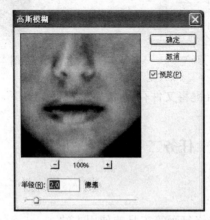

图 4-10　"高斯模糊"对话框

（6）选择工具箱中的历史记录画笔工具。执行"窗口"菜单→"历史记录"命令，在打开的"历史记录"面板中单击"高斯模糊"记录左边的小窗口。如图 4-11 所示。在"历史记录"面板中再激活"高斯模糊"上面一步的记录。如图 4-12 所示。

图 4-11　"历史记录"面板

图 4-12　激活上一步历史记录

（7）用历史记录画笔工具在脸部需要做模糊处理的皮肤上涂抹，将后面的有历史记录画笔记号的做高斯模糊时的图像复制过来。最终效果如图 4-13 所示。

（8）按 Ctrl+S 组合键保存图像文件。

图 4-13　最终效果图

实践任务

任务 1：全部用画笔工具创意制作一幅作品

1. 要求

（1）文件大小为 210×148 毫米、分辨率为 72 像素/英寸、模式为 RGB。

（2）作品要求漂亮。

（3）需将文件存储为"PSD"和"jpg"两种格式。

2. 目的

（1）通过对该任务的独立完成能够熟练地掌握画笔工具的使用方法。

（2）能熟练地对画笔工具进行设置。

任务 2：选择一幅图片用画笔工具装饰（素材自备）

1. 要求

（1）作品要求漂亮。

（2）需将文件存储为"PSD"和"jpg"两种格式。

2. 目的

（1）通过对该任务的独立完成能够熟练地掌握画笔工具的使用方法。

（2）能熟练地对画笔工具进行预设。

任务 3：给明星磨皮

1. 要求

（1）使用修复画笔工具将大皱纹去除后再用模糊滤镜和历史记录画笔工具（可用其他磨皮方法）。素材和效果图如图 4-14 所示。

图 4-14　素材和效果图

（2）需将文件存储为"PSD"和"jpg"两种格式。

2．目的

通过执行任务熟练使用污点修复工具、修复画笔工具、历史记录画笔工具。

模块五 编辑图像

任务导读：

本模块是关于用编辑图像轮廓形状和大小的方法编辑图像的任务模块。通过对该模块任务的执行，要熟练掌握改变图像显示的轮廓形状和大小的方法。

基本技能：

- 复制一个图层和多个图层图像的方法
- 将图像选择性粘贴的方法
- "自由变换"命令变换图像的方法
- "变形"命令变换图像的用法
- "操控变形"命令变换图像的用法

任务一 为婚纱照换背景

1. 目的和要求
- 通过对该任务的执行掌握用套索工具抠图的方法。
- 掌握为选区描边的方法。
- 掌握给选区中粘贴图像的方法。

2. 完成思路

将婚纱照抠出复制到背景图片中→制作椭圆选区描边并将人物图片粘入。

3. 具体执行过程

（1）打开"背景"素材，按 Ctrl+Shift+S 组合键将图像存储为"效果图"，并选择"格式"为 PSD。

（2）打开"婚纱照"素材，用移动工具拖动到"效果图"文件中。如图 5-1 所示。选择工具箱中的套索工具，将属性栏上的"羽化"设置为 10px，用套索工具将人像选中。如图 5-2 所示。

图 5-1 复制"婚纱照"图像

图 5-2 选取人像

（3）按 Ctrl+Shift+I 组合键将选区反选，再按 Delete 键将选区中的图像删除后按 Ctrl+D 组合键取消选区，用移动工具将图像移到左边。如图 5-3 所示。再制作一些简单的小图片修饰图像。选择椭圆选框工具在文件中绘制椭圆选区。如图 5-4 所示。

图 5-3　删除人物背景

图 5-4　绘制椭圆选区

（4）按 Ctrl+Shift+Alt+N 组合键新建一图层。执行"编辑"菜单→"描边"命令给选区描边。颜色为 8becfb。如图 5-5 所示。效果图如图 5-6 所示。

图 5-5　"描边"对话框

图 5-6　效果图

（5）打开"人物 1"素材，按 Ctrl+A 组合键全选，再按 Ctrl+C 组合键拷在剪贴板上。回到"效果图"文件，执行"编辑"菜单→"选择性粘贴"→"粘入"命令将图像粘入选区（或按 Ctrl+Shift+Alt+V 组合键）。如图 5-7 所示。

图 5-7　将图像"粘入"选区

（6）因被粘贴的图像太大，并且位置也不合适，故需要调整。执行"编辑"菜单→"自由变换"命令（或直接按 Ctrl+T 快捷键）对图像进行大小的调整（如若看不见自由变换框可用光标拖动让其显示在图像编辑区）。如图 5-8 所示。

（7）按住 Shift 键锁定长宽比，同时用光标在图像编辑区中所显示的自由变换框的角上（当光标变成斜向的双向箭头形状时）向内拖动。当图像变小后再用光标调整其位置，使自由变换框显示在图像编辑区。这样调整直到大小和位置合适。调整完成后用光标在自由变换框中双击（或按 Enter 键）应用变换。得到如图 5-9 所示的效果。

图 5-8　调整图像大小

图 5-9　应用自由变换后效果

（8）用上述第（3）步到第（7）步同样的方法绘制选区、描边，将"人物 2"和"人物 3"图像粘入选区，得到最后的效果如图 5-10 所示。

图 5-10　最终效果图

任务二　为杯子贴图

1. 目的和要求

● 练习用"变形"命令调整图像形状的方法。

2. 完成思路

打开两个素材文件→将"卡通图片"复制到"杯子"文件中→用"变形"命令将卡通图片调整成和杯子的曲度一样。

3. 具体执行过程

（1）打开"杯子"素材，按 Ctrl+Shift+S 组合键将文件存储为"为杯子贴图效果图"。如图 5-11 所示。

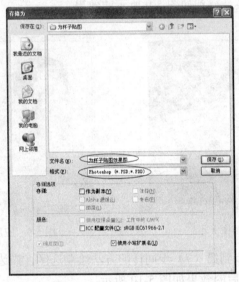

图 5-11 "存储为"对话框

（2）打开"卡通图片"素材。选择工具箱中的移动工具 ，按住左键将"卡通图片"中的图像拖到"为杯子贴图效果图"文件中。如图 5-12 所示。按 Ctrl+T 组合键对图像进行自由变换，按住 Shift 键在图像的角点上拖动将图像缩小。如图 5-13 所示。

图 5-12 复制"卡通图片"

图 5-13 缩小图像

（3）在图像上右击打开右键菜单，选择"变形"选项，会在图像上添加调整变形的网格。如图 5-14 所示。用光标在控制点上拖动图像将其调整到与杯子大小一样。如图 5-15 所示。

（4）按 Enter 键应用自由变换。在"图层"面板中调整图层的混合模式（根据不同的图片调整不同的混合模式）。如图 5-16 所示。最终效果图如图 5-17 所示。

图 5-14　"变形"

图 5-15　调整形状

图 5-16　"图层"面板

图 5-17　最终效果图

任务三　制作"街舞大赛广告"

1. 目的和要求

● 练习 Photoshop CS5 的新增功能"操控变形"命令的用法。

2. 完成思路

打开素材→将人物图像复制到"背景"素材中→复制人物图像→用"操控变形"命令将不同图层的人物动作加以调整。

3. 具体执行过程

（1）打开"背景"素材，并将其存储为"街舞大赛广告效果图.PSD"。

（2）打开"人物"素材。选择工具箱中的移动工具 将人物图像拖到"街舞大赛广告效果图"文件中。如图 5-18 所示。按 Ctrl+J 组合键两次将人物图层复制两个副本图层。"图层"面板如图 5-19 所示。

（3）在"图层"面板中将最上面图层的眼睛关闭将该层隐藏，如图 5-20 所示。激活"图层 1 副本"，如图 5-21 所示。

（4）执行"编辑"菜单→"操控变形"命令，将会在图像上出现网格。如图 5-22 所示。

图 5-18 复制"人物"图像

图 5-19 "图层"面板

图 5-20 关闭图层眼睛

图 5-21 激活"图层 1"副本

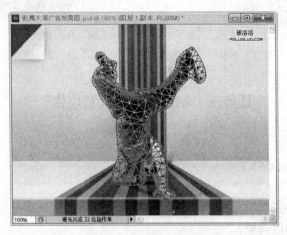

图 5-22 "操控变形"

（5）在属性栏中设置"扩展"选项的数值（当数值变小时网格将收缩，当数值变大时网格将扩展）。如图 5-23 所示。

图 5-23 设置"扩展"选项数值

（6）将光标移到网格上变为 时，单击鼠标便可添加图钉（按住 Alt 键在图钉上单击时可删除图钉）。如图 5-24 所示。在身体要转动和固定的部位都添加图钉。如图 5-25 所示。

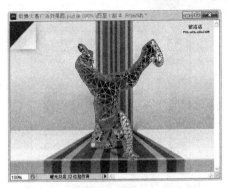

图 5-24 添加图钉

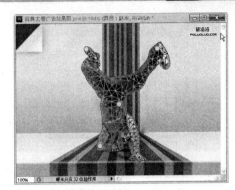

图 5-25 给各固定和转动部位添加图钉

（7）单击并拖动脚部的图钉，变形人物腿部的动作。如图 5-26 所示。按 Enter 键应用操控变形命令。如图 5-27 所示。

图 5-26 变形腿部的动作

图 5-27 应用变形

（8）在"图层"面板中激活最上面的人物图层，用上述同样的方法添加图钉。如图 5-28 所示。调整完后按 Enter 键应用操控变形命令。如图 5-29 所示。

图 5-28 添加图钉

图 5-29 所有人像变形后

（9）在"图层"面板中分别调整"图层 1"和"图层 1 副本"的"不透明度"。如图 5-30 和图 5-31 所示。

（10）图像效果如图 5-32 所示。最后再输入文字。最终效果如图 5-33 所示。

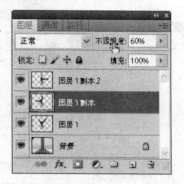

图 5-30 "图层 1"不透明度   图 5-31 "图层 1 副本"不透明度

图 5-32 调整"不透明度"后效果图   图 5-33 最终效果图

实践任务

任务 1：制作唇彩广告

1. 要求

（1）参照图 5-34 效果图使用所给素材制作唇彩广告。

（2）图像布局合理。

（3）需将文件存储为"PSD"和"jpg"两种格式。

图 5-34 效果图

2. 目的

通过对该任务的独立完成能够熟练地掌握对图像进行自由变换的方法。

3. 提示

（1）先按 Ctrl+T 组合键执行自由变换命令。

（2）再按住 Ctrl+Alt 组合键，用鼠标拖动控制点对图像进行斜切变形。

任务 2：调整一幅自己照片的 Pose（姿势）

目的和要求

（1）通过练习熟练掌握"操控变形"命令的用法。

（2）需将文件存储为"PSD"和"jpg"两种格式。

任务 3：制作电影胶片

1. 要求

（1）使用所给素材制作如图 5-35 所示的电影胶片。

（2）需将文件存储为"PSD"和"jpg"两种格式。

图 5-35　效果图

2. 目的

通过对该任务的独立完成能够熟练地掌握对图像进行自由变换并复制图像的方法。

3. 提示

（1）首先绘制一个白色矩形块，在其选区选中的情况下对其进行自由变换，在 x 方向移动一定的距离。

（2）然后按 Ctrl+Shift+Alt+T 组合键多次复制其余小方块在同一图层上。

（3）复制小方块所在的图层。

模块六　填充图像

任务导读：

本模块是关于用颜色和图案填充图像的任务模块。通过对该模块任务的执行，要熟练掌握用填充工具和命令填充颜色和图案的方法。

基本技能：

- 填充单色图像的方法
- 渐变颜色填充工具的使用方法
- 渐变色设置的方法
- 定义图案的方法
- 油漆桶工具填充颜色和图案的方法
- 菜单下"填充"命令的用法

任务一　制作"七彩效果"

1. 目的和要求
- 练习渐变工具的使用方法。

2. 完成思路

打开素材图片→新建图层→用渐变工具填充→设置图层的混合模式。

3. 具体执行过程

（1）打开"人物"素材，将文件另存为"七彩效果.PSD"。

（2）按 Ctrl+M 组合键打开"曲线"对话框如图 6-1 所示，将图像的亮度提高。如图 6-2 所示。

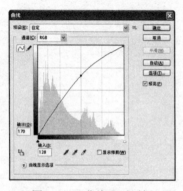

图 6-1　"曲线"对话框　　　　　　　　　　　　图 6-2　提亮图像

（3）按 Ctrl+Alt+Shift+N 组合键新建图层。选择工具箱中的渐变工具 ，在文件中右击，在打开的窗口中选择"色谱"渐变，如图 6-3 所示，然后在文件中从上向下拖动光标填充渐变色。如图 6-4 所示。

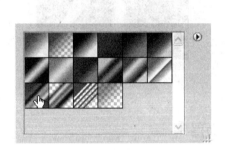

图 6-3　渐变色窗口　　　　　　　　　　　　图 6-4　填充渐变色

（4）在"图层"面板中选择图层混合模式为"柔光"，不透明度为 50%。"图层"面板如图 6-5 所示。图像效果如图 6-6 所示。

图 6-5　"图层"面板　　　　　　　　　　　图 6-6　图像效果

（5）选择工具箱中的橡皮擦工具，选择合适大小的柔角笔尖，将人脸部、上半身和腿部重合的渐变色擦除。如图 6-7 所示。打开"泡泡"素材，直接用移动工具拖到"七彩效果"文件中，调整好位置后得到最终效果图（注：自己可以从网上下载泡泡画笔笔刷绘制）。如图 6-8 所示。

图 6-7　擦除脸部等渐变色　　　　　　　　　图 6-8　最终效果图

任务二　定义图案

1．目的和要求
● 　练习图案的定义方法。
● 　练习图案填充的方法。
2．完成思路
定义图案→填充图案→设置图层的透明度。
3．具体执行过程
（1）按 Ctrl+N 组合键新建一文件。各项参数设置如图 6-9 所示。

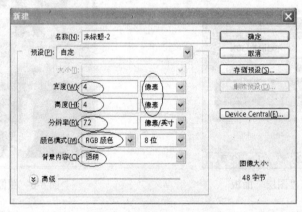

图 6-9　"新建"对话框

　　（2）新建的文件看起来很小。可以按 Ctrl++键放大视图。选择工具箱中的矩形选框工具 ，在文件中绘制一矩形选区，如图 6-10 所示。用黑色填充，如图 6-11 所示。

　　（3）按 Ctrl+D 组合键取消选区。执行"编辑"菜单→"定义图案"命令，在打开的窗口中命名后单击"确定"按钮定义图案。如图 6-12 所示。

图 6-10　绘制选区　　　　　　　　　图 6-11　填充黑色

图 6-12　定义图案

（4）关闭刚才的文件（无需保存）。打开素材"人物"，按 Ctrl+Shift+S 组合键将图像存储为"定义图案效果图"，并选择"格式"为 PSD。

（5）按 Ctrl+Alt+Shift+N 组合键新建一图层。执行"编辑"菜单→"填充"命令，在打开的窗口中设置好各选项后单击"确定"按钮为图层填充。"填充"对话框如图 6-13 所示。图像效果如图 6-14 所示。

图 6-13　"填充"对话框　　　　　　　图 6-14　图像效果

（6）按 Ctrl+S 键保存图像文件。

任务三　制作车展广告

1. 目的和要求
- 学会显示与隐藏标尺的方法。
- 学会使用参考线和隐藏参考线的方法。
- 熟练掌握选区工具的使用方法。

- 学会填充前景色的方法。
- 熟练掌握渐变工具的使用方法。
- 掌握复制图层的方法。
- 掌握图层不透明度的调整方法。
- 掌握变形命令的使用方法。
- 掌握羽化选区的方法。
- 掌握文字工具的使用方法。

2. 完成思路

新建文件→调出参考线→制作矩形背景→排列车展图片→绘制下面的图案→输入文字。

3. 具体执行过程

（1）新建一个各项参数如图 6-15 所示的文件。将前景色置为 80bf5e，按 Alt+Delete 组合键填充前景色。

图 6-15　"新建"对话框

（2）按 Ctrl+R 组合键调出标尺。将光标放在左边标尺上向右拖，拖出如图 6-16 所示的三条纵向参考线，再将光标放在上面标尺上向下拖，拖出两条横向参考线。用矩形选框工具在文件中绘制出如图 6-17 所示的矩形选区（注：若选区位置不合适可按键盘上的"↑"、"↓"方向键调整）。

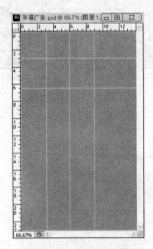

图 6-16　拖出参考线

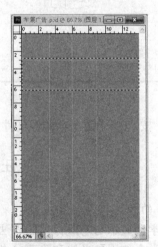

图 6-17　绘制矩形选区

（3）按 Ctrl+Alt+Shift+N 组合键新建图层。将前景色置为 5da642，按 Alt+Delete 组合键填充前景色，按 Ctrl+D 组合键取消选区，如图 6-18 所示。然后将素材"1"、"2"、"3"的图片复制到"车展广告"文件中，如图 6-19 所示。

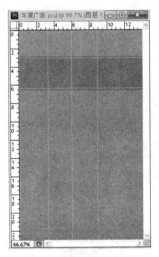

图 6-18　给选区填充前景色

图 6-19　复制图片

（4）按 Ctrl+R 组合键隐藏标尺，按 Ctrl+；组合键隐藏参考线。

（5）新建一图层，将前景色置为 a7f476，绘制一矩形选区，按 Alt+Delete 组合键填充前景色。再按 Ctrl+D 组合键取消选区。如图 6-20 所示。打开素材"4"，将其复制到"车展广告"文件中。如图 6-21 所示。

图 6-20　绘制选区填充

图 6-21　复制素材"4"

（6）在工具箱中选择椭圆选框工具[○]，在文件中绘制椭圆。如图 6-22 所示。

（7）按 Ctrl+Alt+Shift+N 组合键新建图层 6。再按 D 键将前景色恢复为默认的黑色。选择渐变工具 ■，在文件中右击选择渐变色为"前景色到透明渐变"，如图 6-23 所示。按住 Shift 键在选区中从下向上拖动光标填充。如图 6-24 所示。

图 6-22　绘制椭圆选区

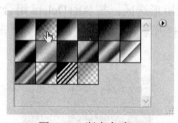

图 6-23　渐变色窗口

图 6-24　填充渐变色效果

（8）按 Ctrl+T 组合键对图像进行自由变换。将中心点拖到自由变换框下面的中点处，如图 6-25 所示。将自由变换框旋转合适的角度，按 Enter 键应用自由变换。如图 6-26 所示。

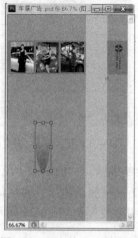

图 6-25　调整中心点的位置

图 6-26　应用自由变换

（9）按 Ctrl+J 组合键复制"图层 6"得到"图层 6 副本"。旋转"图层 6 副本"的图像到如图 6-27 所示的位置。

图 6-27　旋转"图层 6 副本"图像

（10）按 F7 键打开"图层"面板，调整"图层 6"的不透明度为 19%，如图 6-28 所示。"图层 6 副本"的不透明度为 11%。如图 6-29 所示。

图 6-28　"图层 6"不透明度

图 6-29　"图层 6 副本"不透明度

（11）打开素材"5"，将标志复制到"车展广告"中如图 6-30 所示的位置。再按 Ctrl+J 组合键复制"标志"图层得到"标志副本"层。在"图层"面板中将"标志"图层激活，按住 Ctrl 键，单击"标志"图层的缩览图得到图像的选区。如图 6-31 所示。

图 6-30　复制素材"5"

图 6-31　得到"标志"图层的选区

（12）按 Shift+F6 组合键打开"羽化选区"对话框（或右击选择右键菜单中的"羽化…"选项），设置参数值如图 6-32 所示，单击"确定"按钮。图像效果如图 6-33 所示

图 6-32   "羽化选区"对话框   图 6-33   图像效果

（13）按 D 键将前景色恢复为默认的黑色。按 Alt+Delete 组合键填充前景色。再按 Ctrl+D 组合键取消选区。如图 6-34 所示。执行"编辑"菜单→"变换"→"变形"命令调整图像。如图 6-35 所示。

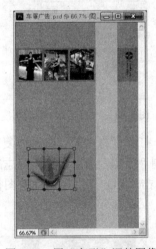

图 6-34   填充前景色   图 6-35   用"变形"调整图像

（14）调整变形框上的控制点，如图 6-36 所示。按 Enter 键应用变形。效果如图 6-37 所示。

（15）选择工具箱中的直排文字工具 T，单击属性栏右边的"切换字符和段落面板"按钮 ，在打开的"字符"面板中设置字体和大小如图 6-38 所示。设置文字颜色为黑色。输入"展会印象"，按 Ctrl+Enter 组合键退出对文字的编辑。效果如图 6-39 所示。

（16）选择工具箱中的横排文字工具 T，按下属性栏上的"左对齐"按钮 ，将前景色置为 4a4828，字体为宋体，大小为 14 点，输入时间、地点等文字，按 Ctrl+Enter 组合键退出对文字的编辑。最终效果图如图 3-40 所示。按 Ctrl+S 组合键保存图像文件。

图 6-36　调整控制点

图 6-37　应用"变形"

图 6-38　"字符"面板

图 6-39　效果图

图 6-40　最终效果图

实践任务

任务 1：制作蛋糕背景

1. 要求

（1）使用所给素材制作如图 6-41 所示的蛋糕背景图像（也可自备素材）。

（2）需将文件存储为"PSD"和"jpg"两种格式。

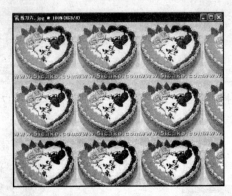

图 6-41　蛋糕背景

2. 目的

（1）练习自定义图案。

（2）练习用填充命令填充图案。

（3）练习用油漆桶工具填充图案。

任务 2：用前面所学的工具创意制作一幅作品

1. 要求

（1）题目自拟，素材自备。

（2）要有颜色渐变效果。

（3）需将文件存储为"PSD"和"jpg"两种格式。

2. 目的

（1）熟练填充工具的应用。

（2）逐渐学会自己创意作品。

模块七　文字处理

任务导读：

本模块是关于文字工具应用的任务模块。通过对该模块任务的执行，要熟练掌握文字工具的使用方法，对文字属性的设置，栅格化文字图层的方法。

基本技能：

● 文字工具的应用
● 文字属性的设置
● 栅格化文字图层的方法

任务一　制作母亲节贺卡

1. 目的和要求
● 练习文字工具的使用。
● 练习创建变形文本。
● 练习分别对选中的文本改变颜色。

2. 完成思路
打开素材图片→用文字工具输入文字→变形文本。

3. 具体执行过程
（1）打开素材库中"母亲节贺卡"背景图片。
（2）选择工具箱中的横排文字工具，在属性栏中设置字体和字号如图 7-1 所示。

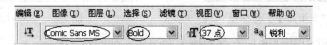

图 7-1　文字工具属性栏

（3）在图像编辑区输入文字"happy"。将光标置于文字下方，当其变成移动工具的图标形状时移动文字到合适的位置。单击属性栏上的"提交所有当前编辑"图标 ✔（或按 Ctrl+Enter 组合键）退出对文字的编辑。图像效果如图 7-2 所示。

（4）选中第一个文字设置其颜色。单击属性栏上的"设置文本颜色"框 ■，如图 7-3 所示。在弹出的"拾色器"对话框中选择一种稍暗点的红色，单击"好"按钮确认。如图 7-4 所示。

（5）再用同样的方法分别设置其他文字的颜色为紫、深蓝、深绿、深黄（注：所选颜色要和图像整体颜色协调）。

（6）创建变形文本。单击属性栏上的"创建变形文本"图标 ，弹出"变形文字"对话框。选择"样式"为"上弧"，"弯曲"为"50"。单击"好"按钮应用。如图 7-5 所示。变形后的文字如图 7-6 所示。

图 7-2　输入文字

图 7-3　"设置文本颜色"框

图 7-4　选择颜色

图 7-5　"变形文字"对话框

图 7-6　变形后的文字

（7）用同样的方法完成其他文字的输入和编辑。如图 7-7 所示。

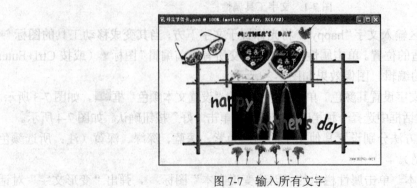

图 7-7　输入所有文字

（8）单击"图层"面板左下方的"图层样式" 按钮（如图 7-8 所示）打开下拉菜单，

勾选"投影"选项。如图 7-9 所示。

图 7-8 "图层样式"按钮　　　　　图 7-9 勾选"投影"选项

（9）在弹出的"图层样式"对话框中使用默认参数值，单击"好"按钮应用投影效果。如图 7-10 所示。

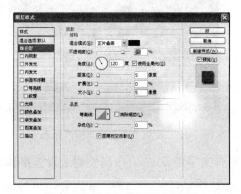

图 7-10 "图层样式"对话框

（10）再在"图层"面板中激活另一个文字图层，添加上面同样的"投影"效果，得到最终的效果如图 7-11 所示。

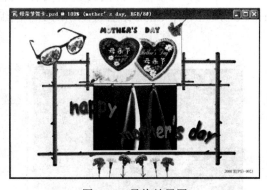

图 7-11 最终效果图

任务二　制作名片

1. 目的和要求
● 练习文字工具的使用。

● 练习创建变形文本。

2. 完成思路

打开素材图片→制作正面效果→制作背面效果→用文字工具输入文字→变形文本。

3. 具体执行过程

正面效果图：

（1）打开"素材 1"，按 Ctrl+Shift+S 组合键将文件另存为"正面效果图"，并选择"格式"为"PSD"。

（2）打开"素材 2"和"标志"素材，选择工具箱中的移动工具 ，直接将图像拖到"正面效果图"文件中。如图 7-12 所示。

图 7-12　复制"素材 2"和"标志"

（3）选择工具箱中的横排文字工具 ，在属性栏上设置字体和大小。如图 7-13 所示。

图 7-13　设置字体和大小

（4）按 D 键恢复默认的前景色和背景色。再按 X 键互换前、背景色，使前景色为白色。输入文字"HE YUAN CHAFU"，按 Ctrl+Enter 组合键退出对文字的编辑。图像效果如图 7-14 所示。

图 7-14　输入文字

（5）选择工具箱中的横排文字工具 ，单击属性栏右边的"切换字符和段落面板"按钮 ，在打开的"字符"面板中设置字体、大小和行距。如图 7-15 所示。输入电话、手机、地址等文字，按 Ctrl+Enter 组合键退出对文字的编辑。如图 7-16 所示。

图 7-15　设置文字

图 7-16　输入文字

（6）按 Ctrl+S 组合键保存图像文件。

背面效果图：

（1）按 Ctrl+N 组合键新建一文件。各项参数设置如图 7-17 所示。将前景色置为 cb8149。按 Alt+Delete 组合键填充前景色。

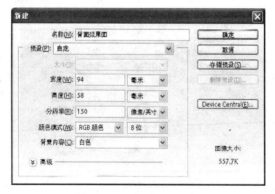

图 7-17　"新建"对话框

（2）选择工具箱中的直排文字工具 ⏢，单击属性栏右边的"底对齐文本"按钮 ▥。单击属性栏右边的"切换字符和段落面板"按钮 ▤，在打开的"字符"面板中选择字体和大小如图 7-18 所示（设置文字颜色为黑色）。将素材中所给的 Word 文档的文字拷贝过来。如图 7-19 所示。

图 7-18　设置文字

图 7-19　拷贝文字

（3）单击属性栏右边的"创建文字变形"按钮 ，在打开的"变形文字"对话框中设置如图 7-20 所示的参数。文字变形后按 Ctrl+Enter 组合键退出对文字的编辑。如图 7-21 所示。

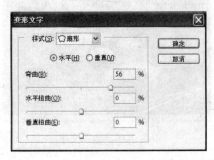

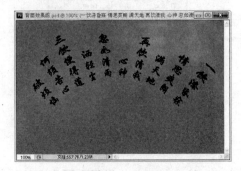

图 7-20　变形文字　　　　　　　　　　　　　　　　图 7-21　效果图

（4）再选择工具箱中的横排文字工具 ，在属性栏中设置字体为"华文行楷"，大小为"60 点"，输入"茶"字。按 Ctrl+Enter 组合键退出对文字的编辑。最后效果如图 7-22 所示。

图 7-22　最终效果图

（5）按 Ctrl+S 组合键保存图像文件。

（6）正反面效果图如图 7-23 所示。

图 7-23　正反面效果图

任务三　制作中秋贺卡

1. 实验目的
- 通过对该任务的执行熟练掌握渐变工具、画笔工具的应用。
- 熟练对段落文字的调整。

2. 完成思路

制作渐变背景→制作月亮及光晕→复制所有素材→输入文本。

3. 具体执行过程

（1）新建一个各项参数如图 7-24 所示的文件。

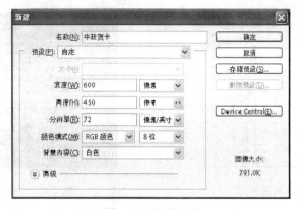

图 7-24　新建文件

（2）从左上角到右下角填充颜色分别为 7C0201、D80A09、7C0201 的线性渐变色。如图 7-25 所示。

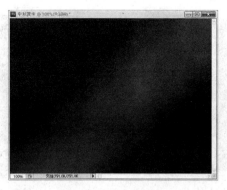

图 7-25　填充渐变色

（3）按 Ctrl+Alt+Shift+N 组合键新建"图层 1"。将前景色设置为 fff6ed，选择工具箱中的画笔工具，选择"硬边圆"笔尖，设置大小为 140px，如图 7-26 所示。在"图层 1"右上角单击绘制月亮。如图 7-27 所示。

（4）再将画笔笔尖的硬度设置为 30%，如图 7-28 所示。按 Ctrl+Alt+Shift+N 组合键新建"图层 2"。将画笔对准月亮的中心点单击 4～5 次得到月亮的光晕效果。如图 7-29 所示。

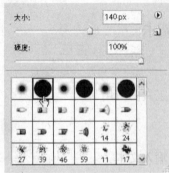

图 7-26　设置笔尖

图 7-27　绘制月亮

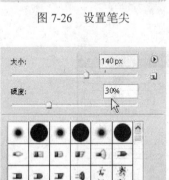

图 7-28　设置硬度

图 7-29　绘制月亮光晕

（5）将前景色置为 fceed3。按 Ctrl+Alt+Shift+N 组合键新建"图层 3"。选择合适大小的笔尖在"图层 3"上随意绘制如图 7-30 所示的图像（其大小不要超过月亮的尺寸），然后移动到月亮上，如图 7-31 所示。

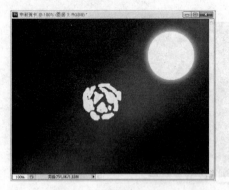

图 7-30　绘制月亮上的山

图 7-31　移动到月亮上

（6）将"仙鹤 1"和"仙鹤 2"素材图片复制到"中秋贺卡"文件中，如图 7-32 所示。按 Ctrl+Alt+Shift+N 组合键得到"图层 6"。用画笔工具绘制些星星图像点缀，如图 7-33 所示。

（7）在工具箱中选择横排文字工具 T，设置字体为"华文行楷"，字体大小为"56 点"，行间距为"45 点"，颜色为"黄色"，如图 7-34 所示。输入文字后按 Ctrl+Enter 组合键退出对文字的编辑。如图 7-35 所示。

图 7-32　复制仙鹤图像

图 7-33　绘制星星图像

图 7-34　设置文字

图 7-35　输入文字

（8）将"嫦娥"和"花"素材图片复制进来并删除背景。如图 7-36 所示。

图 7-36　复制"嫦娥"和"花"

（9）按 Ctrl+Alt+Shift+N 组合键新建图层。将前景色设置为 fff6ed。选择工具箱中的画笔工具 ✐ 。选择柔边圆笔尖，用左、右方括号键调整笔尖大小，如图 7-37 所示。在新建图层中绘制不同大小的光晕。如图 7-38 所示。

（10）按 F7 键打开"图层"面板，调整光晕图层的不透明度为 50%，如图 7-39 所示。最终效果图如图 7-40 所示。

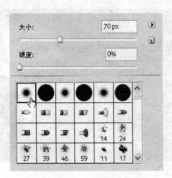

图 7-37　选择笔尖

图 7-38　绘制光晕

图 7-39　设置"不透明度"

图 7-40　最终效果图

实践任务

任务 1：设计一幅圣诞贺卡

1．要求

（1）自备素材。

（2）使用前面所学的技术。

（3）画面漂亮。

（4）需将文件存储为"PSD"和"jpg"两种格式。

2．目的

提高创作能力。

任务 2：设计制作一幅广告

1．要求

（1）内容和题目自拟，素材自备。

（2）突出主题。

（3）画面漂亮。

（4）需将文件存储为"PSD"和"jpg"两种格式。

2．目的

提高设计制作水平。

模块八　调整图像的色调与色彩

任务导读：

本模块是关于对图像的色彩和色调调整的任务模块。通过对该模块任务的执行，要熟练掌握调整图像色调、调整图像色彩和调整图像特殊效果的方法。

基本技能：

● 调整色调的方法：
（1）亮度/对比度
（2）色阶
（3）曲线
（4）曝光度
（5）阴影→高光
（6）HDR 色调
● 调整色彩的方法：
（1）色相/饱和度
（2）色彩平衡
（3）可选颜色
（4）替换颜色
● 调整图像特殊效果的方法：
（1）反相
（2）色调分离
（3）渐变映射
（4）阈值
（5）变化

任务一　调整灰暗图像的色调

1. 目的和要求
● 通过对任务的执行熟练掌握调整图片色调的方法。
● 将所给的图片用下列六种方法调整（太亮或太暗的图片）色调：
（1）"亮度/对比度"。
（2）"色阶"。
（3）"曲线"。
（4）"曝光度"。
（5）"阴影→高光"。

（6）"HDR 色调"。

● 将调整结果加以对比，总结哪一类图片用哪种调整方法更好；哪一类可以用所有的方法或多种方法调整。

2. 完成思路

打开素材图片→用以上六种方法调整图像的色调。

3. 具体执行过程

（1）"素材 1"的调整。如图 8-1 至图 8-13 所示。

图 8-1　原图

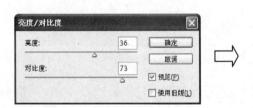

图 8-2　"亮度/对比度"

图 8-3　调整效果图

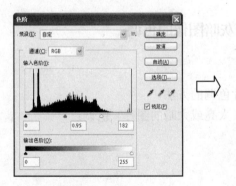

图 8-4　"色阶"

图 8-5　调整效果图

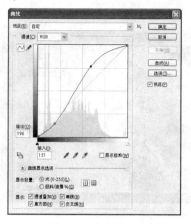

图 8-6　"曲线"

图 8-7　调整效果图

图 8-8　"曝光度"

图 8-9　调整效果图

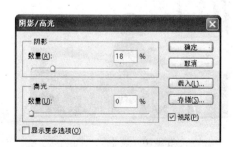

图 8-10　"阴影/高光"

图 8-11　调整效果图

图 8-12　"HDR 色调"

图 8-13　调整效果图

小结：此幅图像用"阴影/高光"调整效果比较差，其余方法效果都不错。

（2）"素材 2"的调整。如图 8-14 至图 8-26 所示。

图 8-14　原图

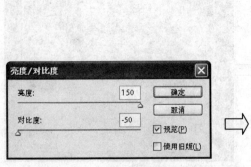

图 8-15　"亮度/对比度"

图 8-16　调整效果图

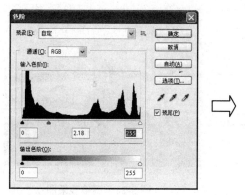

图 8-17　"色阶"

图 8-18　调整效果图

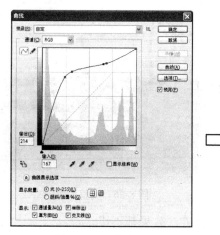

图 8-19　"曲线"

图 8-20　调整效果图

图 8-21　"曝光度"

图 8-22　调整效果图

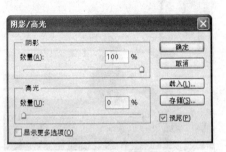

图 8-23　"阴影/高光"

图 8-24　调整效果图

图 8-25　"HDR 色调"

图 8-26　调整效果图

小结：除"亮度/对比度"和"曝光度"之外其他方法效果都不错。

总结：

（1）阴影、高光对比不大的灰暗图像用"阴影/高光"调整效果不好，其余方法效果都不错。

（2）阴影、高光对比较大的灰暗图像用"亮度/对比度"和"曝光度"调整效果不好，其余方法效果都不错。

任务二　调整图像的色彩

子任务 1　替换颜色

1. 目的和要求

● 通过对任务的执行掌握这几种调整颜色的方法。

● 将素材图片用下列几种方法调整颜色：

（1）"色相/饱和度"。

（2）"色彩平衡"。

（3）"可选颜色"。

（4）"替换颜色"。

2. 完成思路

打开素材图片→用上述四种方法调整图像的颜色。

3. 具体执行过程

方法一：用"色相/饱和度"调整

（1）打开"调整颜色"文件夹中的"人物"素材，选择工具箱中的套索工具 ，在属性栏设置羽化值为 1 像素，将人像的唇部选中。如图 8-27 所示。

（2）执行"图像"菜单→"调整"→"色相/饱和度"命令打开"色相/饱和度"对话框。设置参数值如图 8-28 所示。单击"确定"按钮，取消选区后图像效果如图 8-29 所示。

图 8-27　选中唇部

图 8-28　"色相/饱和度"

图 8-29　调整效果图

方法二：用"色彩平衡"调整

（1）执行"图像"菜单→"调整"→"色彩平衡"命令，打开"色彩平衡"对话框。设置参数值如图 8-30 和图 8-31 所示。

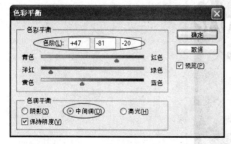

图 8-30　"色彩平衡"对话框

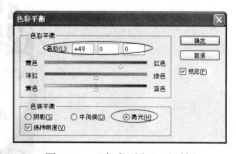

图 8-31　"色彩平衡"对话框

（2）图像效果如图 8-32 所示。

图 8-32　调整效果图

方法三：用"可选颜色"调整

（1）执行"图像"菜单→"调整"→"可选颜色"命令，打开"可选颜色"对话框。设置参数值如图 8-33 和图 8-34 所示。

图 8-33　"可选颜色"对话框　　　　　图 8-34　"可选颜色"对话框

（2）图像效果如图 8-35 所示。

图 8-35　效果图

方法四：用"替换颜色"调整

执行"图像"菜单→"调整"→"替换颜色"命令，打开"替换颜色"对话框。设置参数值如图 8-36 所示。图像效果如图 8-37 所示。

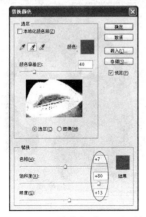

图 8-36　"替换颜色"对话框

图 8-37　效果图

子任务 2　为图像上色

1. 目的和要求

● 　通过对该任务的执行练习为图像上色的方法。

● 　为人物的头发用"色相/饱和度"上一种喜欢的颜色。

2. 完成思路

打开素材图片→选择上色的区域→用"色相/饱和度"着色。

3. 具体执行过程

（1）打开"上色"文件夹中的素材"人物"。执行"选择"菜单→"色彩范围"命令，打开"色彩范围"对话框。如图 8-38 所示。用该对话框中的吸管吸取头发的颜色将头发区域选中。如图 8-39 所示。

图 8-38　"色彩范围"对话框

图 8-39　选取头发

（2）选择工具箱中的套索工具，按住 Alt 键将脸上和手上的选区减选，只留下头发部分的选区。执行"图像"菜单→"调整"→"色相/饱和度"命令，打开"色相/饱和度"对话框，将"着色"勾选，其余参数设置如图 8-40 所示（可调整自己喜欢的颜色）。图像效果如图 8-41 所示。

图 8-40 "色相/饱和度"对话框

图 8-41 调整效果

说明：

（1）当图像的模式为"位图"、"灰度"、"双色调"和"多通道"时不能给图像"着色"。

（2）在给图像"着色"时软件会自动将原图像的颜色去掉添加现在所调整的颜色。

任务三 为图像调整特殊色彩

子任务 1 使用"色调分离"命令调整图像

1. 目的和要求

- 通过对任务的执行掌握色调分离命令的使用方法。
- 将素材图片用色调分离调整特殊效果。

2. 完成思路

打开素材图片→使用"色调分离"命令。

3. 具体执行过程

打开"色调分离"文件夹中的素材图片。执行"图像"菜单→"调整"→"色调分离"命令，打开"色调分离"对话框。设置参数如图 8-42 所示。图像效果如图 8-43 所示。

子任务 2 使用"渐变映射"命令调整图像

1. 目的和要求

- 通过对任务的执行掌握"渐变映射"命令的使用方法。
- 将素材图片用渐变映射调整特殊效果。

2. 完成思路

打开素材图片→使用"渐变映射"命令。

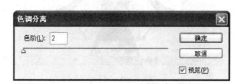

图 8-42　"色调分离"对话框

图 8-43　效果图

3. 具体执行过程

打开"渐变映射"文件夹中的素材图片。执行"图像"菜单→"调整"→"渐变映射"命令，打开"渐变映射"对话框。选择一种喜欢的渐变色。如图 8-44 所示。图像效果如图 8-45 所示。

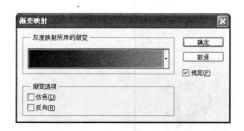

图 8-44　"渐变映射"对话框

图 8-45　效果图

子任务3　使用"阈值"命令调整图像

1. 目的和要求

● 通过对任务的执行掌握"阈值"命令的使用方法。

● 将素材图片用阈值调整特殊效果。

2. 完成思路

打开素材图片→使用"阈值"命令。

3. 具体执行过程

打开"阈值"文件夹中的素材图片。执行"图像"菜单→"调整"→"阈值"命令，打开"阈值"对话框。设置参数值如图 8-46 所示。图像效果如图 8-47 所示。

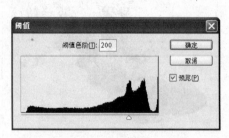

图 8-46 "阈值"对话框

图 8-47 效果图

子任务 4 使用"变化"命令调整图像

1. 目的和要求

● 通过对任务的执行掌握用"变化"命令调整图像颜色的方法。

● 将素材图片的颜色用"变化"命令调整一种喜欢的颜色。

2. 完成思路

打开素材图片→使用"变化"命令。

3. 具体执行过程

（1）打开"变化"文件夹中的素材图片。执行"图像"菜单→"调整"→"变化"命令，打开"变化"对话框。如图 8-48 所示。

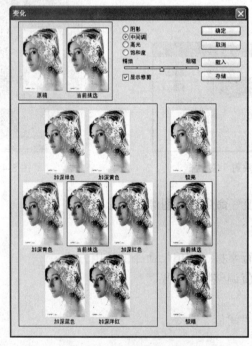

图 8-48 "变化"对话框

（2）单击想要加的颜色窗口，若想颜色深可多点击几次，得到效果图如图 8-49 和图 8-50 所示。

图 8-49　加黄色　　　　　　　　　　　图 8-50　加洋红

（3）如果要加多种颜色，就在每个窗口中点击。

实践任务

任务 1：把"调整色调"文件夹中的其余三张图片用下列六种方法加以调整

1. 要求

（1）"亮度/对比度"。

（2）"色阶"。

（3）"曲线"。

（4）"曝光度"。

（5）"阴影/高光"。

（6）"HDR 色调"。

2. 目的

通过独立完成该任务能够熟练地应用上列六种方式调整图片的色调。

任务 2：给衣服换颜色

1. 要求

自己选择一幅图片为人物衣服换颜色。

2. 目的

通过独立完成该任务能够熟练地应用上列六种方式调整图片的色调。

任务 3：给图像调整特殊效果

1. 要求

自己选择素材用反相、色调分离、渐变映射、阈值、变化等命令调整出特殊的效果。

2. 目的

通过独立完成该任务能够熟练地应用这五种方式调整图片的特效。

模块九　图层的应用

任务导读：

本模块是关于应用图层样式、图层混合模式、调整图层、图层蒙版、剪贴蒙版等的任务模块。通过对该模块任务的执行，要熟练掌握图层这些功能的应用。

基本技能：

- 图层的不透明度
- 图层样式
- 图层的混合模式
- 调整图层
- 图层蒙版
- 剪贴蒙版

任务一　应用图层样式

子任务 1　制作艺术照片

1. 目的和要求
- 练习拷贝图层的方法。
- 练习为图像添加描边和投影图层样式。
2. 完成思路

打开素材图片→将需要制作图层样式的图像部分拷贝在另一图层上→添加图层样式。

3. 具体执行过程

（1）打开素材库中"艺术照"的素材，选择工具箱中的矩形选框工具，在图像中将人物头部框选，如图 9-1 所示。按 Ctrl+J 组合键将选区中的图像复制在新图层上（会自动新建图层）。"图层"面板如图 9-2 所示。

图 9-1　将头部选中

图 9-2　"图层"面板

（2）按 Ctrl+T 组合键对"图层 1"中的图像执行自由变换命令。将光标放在自由变换框的一角点外旋转图像到合适的位置。按 Enter 键应用自由变换。如图 9-3 所示。

图 9-3　旋转图像

（3）单击"图层"面板下端的"添加图层样式"按钮，在下拉菜单中选择"描边"。在弹出的"图层样式"对话框中输入描边的"大小"为"5"像素，设置"颜色"为白色。如图 9-4 所示。图像效果如图 9-5 所示。

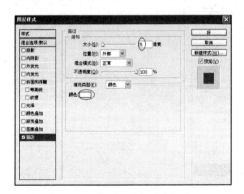

图 9-4　"描边"图层样式设置

图 9-5　描边效果

（4）在"图层样式"对话框中勾选"投影"选项，设置各项参数，如图 9-6 所示。图像效果如图 9-7 所示。

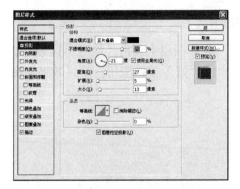

图 9-6　"投影"图层样式设置

图 9-7　投影效果

（5）在"图层"面板中激活"背景"图层，用矩形选框工具框选手腕部分的图像，如图

9-8 所示。按 Ctrl+J 组合键复制到新层。再按 Ctrl+T 组合键对"图层 2"中的图像执行自由变换命令。将图像放大后移动到合适的位置，按 Enter 键应用自由变换。如图 9-9 所示。

　　　　图 9-8　选择手腕图像　　　　　　　　　　图 9-9　放大图像

　　（6）给"图层 2"添加图层样式。在"图层"面板中激活头像所在的图层，在面板中该图层上右击弹出下拉菜单，选择"拷贝图层样式"选项，再在"图层"面板中激活手腕所在的图层（图层 2），在其上右击，在弹出的下拉菜单中选择"粘贴图层样式"选项，则可将头像所在图层的样式复制给手腕所在的图层。如图 9-10 所示。

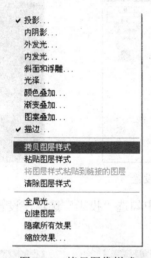

　　　　　　　　　　　图 9-10　拷贝图像样式

　　（7）在"图层"面板中"图层 2"上的"描边"样式图层上双击，如图 9-11 所示。在弹出的"图层样式"对话框中将描边颜色改为黑色，单击"好"按钮应用。最终效果如图 9-12所示。

　　子任务 2　制作"钻石广告"

　　1. 目的和要求
- 练习缩放画布的方法。
- 练习文字工具的使用。
- 练习对文字添加图层样式。

图 9-11　"描边"样式图层

图 9-12　最终效果图

2. 完成思路

打开素材图片→将画布放大→输入文字→添加图层样式。

3. 具体执行过程

（1）打开素材库中"钻石广告"的素材。执行"图像"菜单→"画布大小"命令，在弹出的"画布大小"对话框中勾选"相对"，"宽度"输入"12 厘米"，"画布扩展颜色"选择"黑色"，如图 9-13 所示。图像效果如图 9-14 所示。

图 9-13　设置"画布大小"

图 9-14　扩大画布效果图

（2）选择工具箱中的直排文字工具，在属性栏中设置各项参数如图 9-15 所示。将前景色设置为白色。在图像编辑区的左边输入文字"钻石恒永久"，将文字移动到合适的位置，按 Ctrl+Enter 组合键退出对该列文字的编辑。图像效果如图 9-16 所示。

图 9-15　设置字体和大小

图 9-16　输入文字效果图

（3）在图像编辑区的右边单击，输入"一颗永留传"，按 Ctrl+Enter 组合键退出对该列文字的编辑。如图 9-17 所示。按住 Shift 键将两个文字图层选中，按 Ctrl+E 组合键合并。

图 9-17　输入文字效果图

（4）单击"图层"面板下端的"添加图层样式"按钮 ，在弹出的对话框中勾选"外发光"复选框，如图 9-18 所示。设置"外发光"颜色的 RGB 值为 253、253、250。再勾选"内发光"复选框，如图 9-19 所示。设置"内发光"颜色的 RGB 值为 255、255、190。

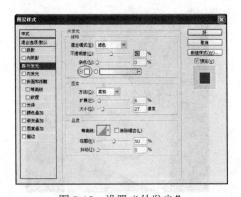

图 9-18　设置"外发光"

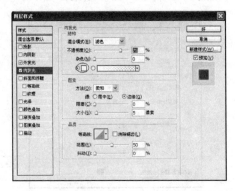

图 9-19　设置"内发光"

（5）再在"图层样式"对话框中勾选"斜面与浮雕"复选框，设置"斜面与浮雕"的参数。如图 9-20 所示。

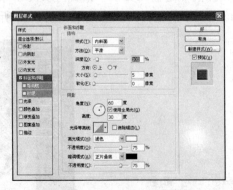

图 9-20　设置"斜面与浮雕"

（6）用同样的方法得到"光泽"设置窗口。设置光泽颜色的 RGB 值为 211、121、208，其余参数设置如图 9-21 所示，单击"好"按钮后得到如图 9-22 所示效果。

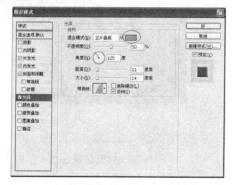

图 9-21 设置"光泽"

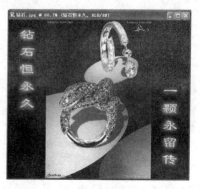

图 9-22 效果图

（7）选择工具箱中的画笔工具 ，单击属性栏上"画笔"右边的下拉箭头，选择笔形为"星形 70 像素"。如图 9-23 所示。新建一图层。用画笔工具在文字旁随意点几个星形作为点缀，得到最终效果如图 9-24 所示。

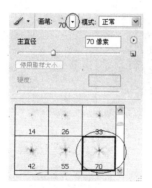

图 9-23 选择笔形

图 9-24 最终效果图

子任务 3 婚宴请柬

1. 目的和要求

- 练习投影图层样式的应用方法。
- 练习斜面与浮雕图层样式的应用方法。

2. 完成思路

制作两个大小一样不同红色区域的图层→绘制心形选区将选区中的图像删除→用投影特效制作层叠效果。

3. 具体执行过程

（1）打开"背景"素材，将其另存为"婚宴请柬.PSD"。

（2）选择工具箱中的矩形选框工具 ，在文件中绘制一个矩形选区。如图 9-25 所示。按 Ctrl+Alt+Shift+N 组合键新建"图层 1"，将前景色设置为 a93011，按 Alt+Delete 组合键为选区填充前景色（不取消选区）。如图 9-26 所示。

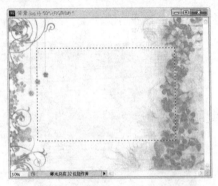

图 9-25　绘制矩形选区

图 9-26　填充前景色

（3）按 Ctrl+Alt+Shift+N 组合键新建"图层 2"，将前景色设置为大红色，按 Alt+Delete
组合键为选区填充前景色，按 Ctrl+D 组合键取消选区。如图 9-27 所示。

图 9-27　填充大红色

（4）选择工具箱中的自定义形状工具 ，在属性栏上单击"路径"按钮，选择"形状"
为心形。如图 9-28 所示。按住 Alt 键从中心开始绘制心形路径。如图 9-29 所示。

| 编辑(E)　图像(I)　图层(L)　选择(S)　滤镜(T)　分析(A) |

图 9-28　选择心形形状

图 9-29　绘制心形路径

（5）按 Ctrl+Enter 组合键将心形路径转换为选区。如图 9-30 所示。按 Delete 键删除"图
层 2"选区中的图像。按 Ctrl+D 组合键取消选区。如图 9-31 所示。

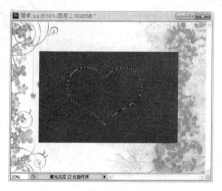

图 9-30　将路径转换为选区

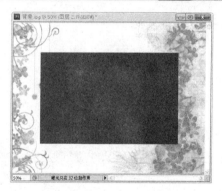

图 9-31　删除选区中的图像

（6）为"图层 2"添加投影图层样式。各项参数设置如图 9-32 所示。图像效果如图 9-33 所示。

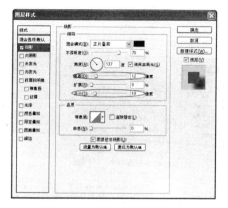

图 9-32　设置"投影"参数

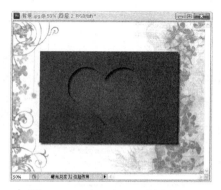

图 9-33　添加"投影"样式效果

（7）为"图层 1"添加同样的投影样式。按 Ctrl+T 组合键对"图层 1"的图像进行自由变换，旋转"图层 1"的图像到如图 9-34 所示的位置。

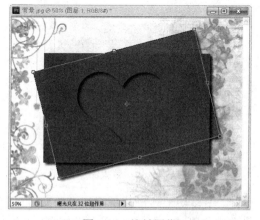

图 9-34　旋转图像

（8）按 Enter 键应用自由变换。选择工具箱中的横排文字工具 T，在属性栏上设置文字字体和大小如图 9-35 所示。输入"囍"字后效果如图 9-36 所示。

图 9-35 设置字体和大小   图 9-36 输入"囍"字

（9）为文字图层添加图层样式。如图 9-37 和图 9-38 所示。

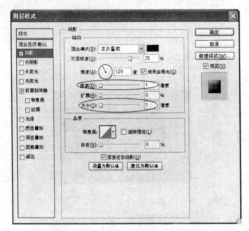

图 9-37 设置"投影"参数值

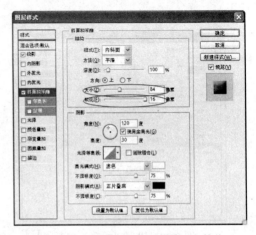

图 9-38 设置"斜面与浮雕"参数值

（10）单击"确定"按钮后图像效果如图 9-39 所示。

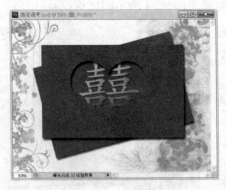

图 9-39 效果图

（11）打开"花纹"素材。用移动工具将其复制到"婚宴请柬"文件中。如图 9-40 所示。选择魔棒工具将其白色背景选中并删除。取消选区后移动到如图 9-41 所示的位置。

（12）调整图层混合模式为"强光"。"图层"面板如图 9-42 所示。图像效果如图 9-43 所示。

图 9-40　复制"花纹"素材

图 9-41　删除白色背景

图 9-42　将路径转换为选区

图 9-43　删除选区中的图像

（13）按 Ctrl+J 组合键复制"图层 4"得到其副本，按 Ctrl+T 组合键对图像进行自由变换，缩小图像并将右下角的控制点直接拖到左上角，然后放置到请柬封面左上角。如图 9-44 所示。

图 9-44　添加"投影"样式

（14）按 Enter 键应用自由变换。按住 Ctrl 键在"图层"面板中将除"背景"图层之外的所有图层选中，按 Ctrl+T 组合键对选中的图层进行自由变换，旋转一定的角度后应用自由变换。最终效果如图 9-45 所示。

图 9-45　最终效果图

任务二　应用图层混合模式

子任务 1　给衣服添加图案

1. 目的和要求
- 练习图层的混合模式的使用方法。
- 练习图像"粘贴入"的方法。

2. 完成思路

打开素材图片→将图案拷贝在"照片"文件中→调整混合模式。

3. 具体执行过程

（1）打开"照片"素材。将文件另存为"给衣服添加图案. PSD"。 选择工具箱中的磁性套索工具，将人物衣服的区域选中。如图 9-46 所示。

图 9-46　选择衣服选区

（2）再打开"图案"素材，按 Ctrl+A 组合键全选图像，再按 Ctrl+C 组合键拷贝在剪贴板上。激活"给衣服添加图案. PSD"文件，按 Ctrl+Shift+Alt+V 组合键将图像粘贴在选区中。如图 9-47 所示。按 Ctrl+T 组合键对图像进行自由变换。缩小图像到合适的大小，如图 9-48 所示。

图 9-47　将图像"粘入"选区

图 9-48　调整图像大小

（3）按 Enter 键应用自由变换。但图像还不像印在衣服上，需要调整图层的混合模式。如图 9-49 所示。最终效果如图 9-50 所示。

图 9-49　调整图层混合模式

图 9-50　效果图

子任务 2　女人，请远离

1. 目的和要求
- 练习图层混合模式的使用方法。

2. 完成思路

打开素材图片→将人像图片拷贝到香烟文件中→调整混合模式。

3. 具体执行过程

（1）打开"烟"素材。将文件另存为"女人，请远离. PSD"。再打开"人像"素材，用移动工具将图像拖到"女人，请远离. PSD"文件中。如图 9-51 所示。

（2）按 Ctrl+T 组合键对图像进行自由变换。将图像调整到合适的大小，按 Enter 键应用自由变换。如图 9-52 所示。在"图层"面板中调整混合模式为"颜色加深"。图像效果如图 9-53 所示。

图 9-51　复制"人像"素材

图 9-52　调整图像大小

图 9-53　"颜色加深"效果

（3）选择工具箱中的橡皮擦工具 ，选用柔角笔尖，调整到合适的大小，将人像的黑色背景和边缘擦除。如图 9-54 所示。添加文字得到最终效果。如图 9-55 所示。

图 9-54　擦除人像背景

图 9-55　输入文字

子任务 3　美白护肤品广告

1. 目的和要求

● 　通过对该任务的执行熟练掌握图层混合模式和不透明度的使用方法。

2. 完成思路

将人像脸部的拉链拉开的皮肤提亮使其显得非常好→将拉链上部的脸部制作成黝黑并有

斑点的皮肤。

3. 具体执行过程

（1）打开"人像"素材图片，按 Ctrl+Shift+S 组合键将图像存储为"效果图"，并选择"格式"为 PSD。

（2）按 Ctrl+J 组合键复制"背景"图层得到"背景副本"图层。

（3）打开"拉链"素材图片，用移动工具将拉链图像拖动到"效果图"文件中。如图 9-56 所示。按 Ctrl+T 组合键对拉链进行自由变换，按住 Shift 键等比缩小并旋转合适的角度，然后按 Enter 键应用变换。如图 9-57 所示。

图 9-56　移动"拉链"素材

图 9-57　缩小拉链图像

（4）用橡皮擦工具将左边超出脸部的拉链擦掉。

（5）下面接长右边的拉链。用矩形选框工具将右面的拉链选中一部分，如图 9-58 所示。按 Ctrl+J 组合键复制到新图层中，并用移动工具将复制的一段拉链移动到如图 9-59 所示的位置。

图 9-58　选中一部分拉链

图 9-59　复制并移动

（6）再对复制的拉链进行"变形"，如图 9-60 所示。调整到如图 9-61 所示的位置。

（7）激活"背景副本"图层。用套索工具沿着拉开拉链的地方将脸部的上面部分选中，如图 9-62 所示的区域。并羽化 2 个像素。如图 9-63 所示。

图 9-60　"变形"复制的拉链

图 9-61　效果图

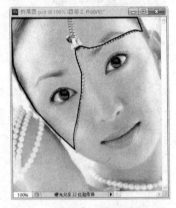

图 9-62　选择上半部分脸部区域

图 9-63　羽化 2 个像素

（8）按 Ctrl+Shift+I 组合键将选区反选，再按 Ctrl+M 组合键打开"曲线"对话框将选区中图像的亮度提高。如图 9-64 所示。图像效果如图 9-65 所示。

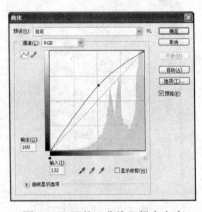

图 9-64　调整"曲线"提高亮度

图 9-65　效果图

（9）打开"破墙"素材，将其全选拷贝到剪贴板上。激活"效果图"文件，执行"编辑"菜单→"选择性粘贴"→"外部粘贴"命令，将图像粘贴在脸的上半部分。如图 9-66 所示。

（10）按 Ctrl+T 组合键对图像进行自由变换，将其放大并移动到合适的位置，按 Enter

键应用变换。如图 9-67 所示。

图 9-66　粘贴"破墙"图像

图 9-67　放大"破墙"图像

（11）调整图层的混合模式和不透明度如图 9-68 所示。得到如图 9-69 所示的效果图。

图 9-68　调整"不透明度"

图 9-69　效果图

（12）可再在脸上制作一块斑驳效果。打开"破墙 1"素材直接用移动工具复制到"效果图"中并将图像缩小。如图 9-70 所示。

（13）使用橡皮擦工具，选择合适大小的柔角笔尖将图像边缘擦除，使图像边缘变得柔和。如图 9-71 所示。

图 9-70　复制"破墙 1"图像

图 9-71　擦除边缘

（14）调整图层的混合模式如图 9-72 所示。效果图如图 9-73 所示。

图 9-72　调整图层混合模式

图 9-73　效果图

（15）用曲线提高"图层 4"中破墙 1 图像的亮度使其边缘较亮的图像隐藏。如图 9-74 所示。最终效果如图 9-75 所示。

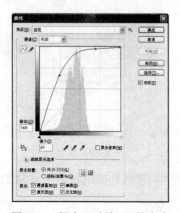

图 9-74　提高"破墙 1"的亮度

图 9-75　最终效果图

子任务 4　复杂背景下抠婚纱

1. 目的和要求
- 练习图层混合模式的使用方法。
- 练习仿制图章工具的使用方法。

2. 完成思路

打开素材图片→通过图层的混合模式分别将各部分图像抠出。

3. 具体执行过程

（1）打开"照片"素材，按 Ctrl+ Shift+S 组合键将文件存储为"抠婚纱效果图"。

（2）选择工具箱中的磁性套索工具 （最好用钢笔工具制作选区），将人物不透明的部分选中。如图 9-76 所示。

图 9-76 选择不透明部分

（3）按 Ctrl+J 组合键自动生成"图层 1"，隐藏背景图层。图像效果如图 9-77 所示，"图层"面板如图 9-78 所示。

图 9-77 图像效果

图 9-78 "图层"面板

（4）再将"图层 1"隐藏，把"背景"图层打开。用磁性套索工具 （最好用钢笔工具制作选区），将透明婚纱部分选中。如图 9-79 所示。按 Ctrl+J 组合键自动生成"图层 2"，隐藏"背景"层和"图层 1"后图像效果如图 9-80 所示。

图 9-79 选择透明婚纱图像

图 9-80 复制透明婚纱图像

（5）在"背景"图层上建一新图层，用蓝色填充新图层。如图 9-81 所示。

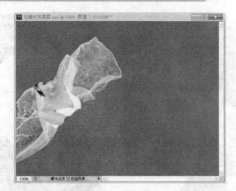

图 9-81　用蓝色填充新图层

（6）将"图层 2"的混合模式设置为"明度"，如图 9-82 所示。图像效果如图 9-83 所示（绿草不见了，剩下白色的婚纱和白色的似草的东西）。

图 9-82　设置混合模式

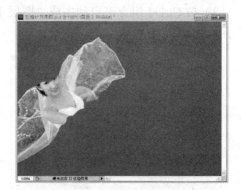

图 9-83　图像效果

（7）选择磁性套索工具 ，在属性栏上设置"羽化"值为 2，将图像中看似白草的区域选中（就是婚纱透明区域。选择时按住 Shift 键加选选区）。如图 9-84 所示。执行"滤镜"菜单→"模糊"→"高斯模糊"命令，打开"高斯模糊"对话框。设置参数值如图 9-85 所示。

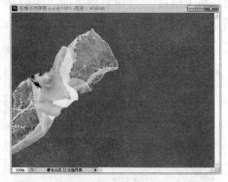

图 9-84　添加"投影"样式

图 9-85　"高斯模糊"对话框

（8）图像中的白色草已经看不见了，但婚纱不够透明。用"亮度/对比度"调整。执行"图像"菜单→"调整"→"亮度/对比度"命令，打开"亮度/对比度"对话框，设置参数值如图 9-86 所示，婚纱变得比以前透明了，如图 9-87 所示。

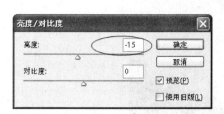

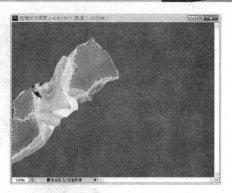

图 9-86 "亮度/对比度"对话框　　　　　　　图 9-87 图像效果

（9）按 Ctrl+D 组合键取消选区。婚纱抠图基本完成。将"图层 1"的眼睛打开，按住 Ctrl 键，单击"图层"面板中"图层 1"的小图标将图像的选区选中（以防下面的操作影响选区之外的区域）。如图 9-88 所示。

（10）选择工具箱中的仿制图章工具，随便点几下将人物身上的绿草清除。按 Ctrl+D 组合键取消选区得到最终效果。如图 9-89 所示。

图 9-88 选择"图层 1"图像选区　　　　　　图 9-89 效果图

注意：如果背景不同，最终效果不满意，可以将透明婚纱层去色，然后改图层混合模式为"屏幕"或"滤色"，再用"亮度/对比度"命令根据具体情况稍作调整。操作如下面几步。

（11）执行"图像"菜单→"调整"→"去色"命令对"图层 2"去色。如图 9-90 所示。在"图层 2"下面建一新图层，填充一种渐变色。如图 9-91 所示。

图 9-90 "图层"面板　　　　　　　　　图 9-91 "图层"面板

（12）将"图层 2"的混合模式设为"滤色"得到最终效果图如图 9-92 所示。

图 9-92 最终效果图

任务三 图层蒙版的应用

子任务 1 香槟酒广告

1. 目的和要求
● 通过对本任务的执行学会图层蒙版的使用方法。

2. 完成思路
将图片素材复制到背景素材中→添加图层蒙版→为蒙版填充径向渐变色。

3. 具体执行过程
（1）打开素材库中"香槟酒"的"背景"素材。选择工具箱中的矩形选框工具 。用矩形选框工具将所需图像框选。如图 9-93 所示。按 Ctrl+C 组合键将其复制在剪贴板上。

图 9-93 选择图像

（2）新建如图 9-94 所示的文件。
（3）按 Ctrl+V 组合键将剪贴板上的图像粘贴到新建文件中。打开素材库中的"单酒杯"图片。选择工具箱中的磁性套锁工具 ，在属性栏中设置"羽化"值为"1 像素"。用光标在酒杯边缘拖动绘制出选区。如图 9-95 所示。

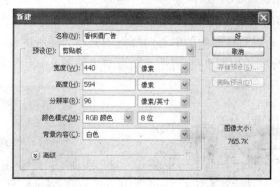

图 9-94　新建文件

（4）选择工具箱中的移动工具 ⊕ 。将光标放在选区中直接将选区中图像拖到"香槟酒广告"文件中。按 Ctrl+T 组合键对图像执行自由变换命令。按住 Shift 键锁定长宽比将酒杯放大，移动到合适的位置，按 Enter 键应用自由变换。如图 9-96 所示。

图 9-95　选择酒杯选区

图 9-96　复制酒杯并放大

（5）打开素材库中的"双酒杯"图片。选择工具箱中的移动工具 ⊕ 。直接用移动工具将图片拖到"香槟酒广告"文件中，并放到如图 9-97 所示的位置。为图层添加图层蒙版。单击"图层"面板下端的"添加图层蒙版"按钮 ▣ 为图层添加蒙版。如图 9-98 所示。

图 9-97　复制"双酒杯"

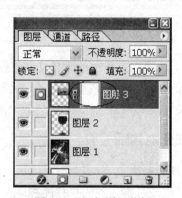

图 9-98　添加图层蒙版

（6）选择工具箱中的渐变工具 ，将渐变色设置为从"前景到背景"，填充方式为"径向渐变"。在图像编辑区的双酒杯图像的中心向外拖动光标为蒙版图层填充渐变色。在"图层"面板中的图层蒙版小图标变成如图 9-99 所示。图像效果如图 9-100 所示。

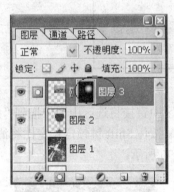

图 9-99　图层蒙版　　　　　　　　　　　图 9-100　图像效果

（7）下面调整背景的色相和饱和度使其颜色与酒杯的颜色协调。在"图层"面板中激活作为背景的"图层 1"，执行"图像"菜单→"调整"→"色相/饱和度"命令，打开"色相/饱和度"对话框，调整其中色相和饱和度的数值如图 9-101 所示。图像效果如图 9-102 所示。

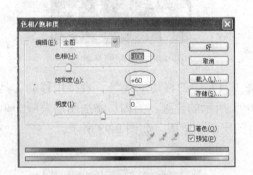

图 9-101　调整"色相/饱和度"　　　　　　图 9-102　图像效果

（8）选择工具箱中的直排文字工具 。将前景色置为黄色，输入文字，调整其大小和字体。如图 9-103 所示。调整图层的混合模式。在"图层"面板中激活两只酒杯图像所在的图层，选择其混合模式为"强光"，最终效果如图 9-104 所示。

子任务 2　饰品广告

1. 目的和要求

● 通过对本任务的执行能熟练应用图层蒙版解决问题。

图 9-103　输入文字

图 9-104　最终效果图

2. 完成思路

将各素材图片复制进来→用图层蒙版制作投影效果→输入文字并添加图层样式。

3. 具体执行过程

（1）新建一个各项参数如图 9-105 所示的文件。

图 9-105　"新建"对话框

（2）设置前景色为 1f1209，背景色为 000201。在工具箱中选择渐变工具，在属性栏中选择径向渐变，从背景层中心开始向外拖动光标，得到如图 9-106 所示效果。

图 9-106　填充渐变色

（3）将"人物 1"素材和"戒指"素材复制到"饰品广告"文件中。按 Ctrl+T 组合键对戒指图像进行自由变换。按住 Shift 键，用光标向内拖动自由变换框角点缩小图像到合适大小，按 Enter 键应用变换。如图 9-107 所示。

（4）按 Ctrl+J 组合键复制"戒指"图层得到"戒指副本"图层。执行"编辑"菜单→"变换"→"垂直翻转"命令，将复制的戒指图像垂直翻转，然后向下移动。如图 9-108 所示。

图 9-107 复制"人物"和"戒指" 　　　　　图 9-108 将"戒指副本"垂直翻转

（5）单击"图层"面板下面的"添加矢量蒙版"按钮 ，为"戒指副本"图层添加蒙版。按 D 键恢复默认前景色和背景色。选择渐变工具 ，在属性栏上选择线性渐变 。按住 Shift 键从戒指的上方向下拖动鼠标，"图层"面板如图 9-109 所示。图像效果如图 9-110 所示。

图 9-109 "图层"面板　　　　　　　　　图 9-110 图像效果

（6）打开"饰品"素材，用移动工具直接拖到"饰品广告"文件中。缩小图像到合适大小。如图 9-111 所示。

图 9-111 复制"饰品"图像并缩小

（7）按 Ctrl+J 组合键复制"饰品"图层得到"饰品副本"图层。执行"编辑"菜单→"变换"→"垂直翻转"命令，将复制的饰品图像垂直翻转，然后向下移动。如图 9-112 所示。

图 9-112　将"饰品副本"垂直翻转

（8）单击"图层"面板下面的"添加矢量蒙版"按钮 ，为"饰品副本"图层添加蒙版。按 D 键恢复默认前景色和背景色。选择渐变工具 ，在属性栏上选择线性渐变 。按住 Shift 键从"饰品副本"图层的蒙版上方向下拖动鼠标，得到图像效果如图 9-113 所示。

图 9-113　为"饰品副本"蒙版填充渐变效果

（9）按住 Shift 键，在"图层"面板中单击"戒指"图层、"戒指副本"图层、"饰品"图层和"饰品副本"图层，将它们一起选中。如图 9-114 所示。选择移动工具将四个图层中的图像同时移动到如图 9-115 所示的位置。

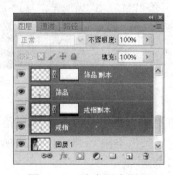

图 9-114　选中四个图层

图 9-115　同时移动四个图层的图像

（10）在"图层"面板中激活"图层 1"，按 Ctrl+Shift+]组合键将"图层 1"移到最上层。图像效果如图 9-116 所示。"图层"面板如图 9-117 所示。

（11）选择橡皮擦工具 ，选择合适大小的柔角笔尖形状，将"图层 1"的人物左面的背景擦除。如图 9-118 所示。

图 9-116　图像效果

图 9-117　"图层"面板

图 9-118　擦除人物背景

（12）打开"人物 2"素材，将其复制到"饰品广告"文件中合适的位置。如图 9-119 所示。为其添加"宽度"为 1px，颜色为 3f3b28 的"描边"图层样式。如图 9-120 所示。

图 9-119　复制"人物 2"

图 9-120　描边效果

（13）选择工具箱中的横排文字工具 $\boxed{T}$，单击属性栏右边的"切换字符和段落面板"按钮 $\boxed{\blacksquare}$，在打开的"字符"面板中设置字体、大小和字宽（颜色不限）。如图 9-121 所示。输入如图 9-122 所示的文字，按 Ctrl+Enter 组合键退出对文字的编辑。

（14）为刚才的文字图层添加"渐变叠加"图层样式。在打开的"图层样式"对话框中选择"前景色到背景色"的渐变。前景色设置为 e69f29，背景色设置为 fff6e7。如图 9-123 所示。图像效果如图 9-124 所示。

（15）选择工具箱中的横排文字工具 $\boxed{T}$，单击属性栏右边的"切换字符和段落面板"按钮 $\boxed{\blacksquare}$，在打开的"字符"面板中选择字体、大小和字宽，如图 9-125 所示（颜色不限）。输入文字"DETAILS HAVE"，如图 9-126 所示。按 Ctrl+Enter 组合键退出对文字的编辑。

图 9-121　设置文字

图 9-122　输入文字

图 9-123　"渐变叠加"样式

图 9-124　图像效果

图 9-125　设置文字

图 9-126　输入文字

（16）将前面的文字图层上的"渐变叠加"图层样式复制到该文字图层上。如图 9-127 所示。

图 9-127　复制图层样式效果

（17）用同样的方法得到"尽善尽美"文字。其中文字大小、字体和字宽，如图 9-128 所示，图像效果如图 9-129 所示。

图 9-128　设置文字　　　　　　　　　　图 9-129　输入文字

（18）选择工具箱中的横排文字工具 T，单击属性栏上的"右对齐"按钮 ，用文字工具在图像右下方拖出一个文字输入框。如图 9-130 所示。

图 9-130　拖出文字输入框

（19）在"字符"面板中选择字体和大小，如图 9-131 所示。设置文字颜色为 6d562c。

图 9-131　设置文字

（20）输入几行英文文字（若文字输入框大小不合适可拖动上下左右的控制点调整大小，若位置不合适可将光标放在文字框外面，变成移动工具的光标时即可移动文字输入框的位置）。按 Ctrl+Enter 组合键退出对文字的编辑。最终效果如图 9-132 所示。

图 9-132　最终效果图

（21）按 Ctrl+S 组合键保存图像文件。

子任务 3　制作艺术照

1．目的和要求

● 通过对该任务的执行熟练掌握图层蒙版的使用方法。

2．完成思路

制作背景→将素材复制进来→利用图层混合模式调整图像特殊效果→利用图层蒙版使图像和背景融合。

3．具体执行过程

（1）新建一个大小为 2880×2160 像素，分辨率为 120 像素/英寸的文件。

（2）先制作背景。选择画笔工具，将前景色分别设置为自己喜欢的不同的颜色在文件中涂抹。如图 9-133 所示。

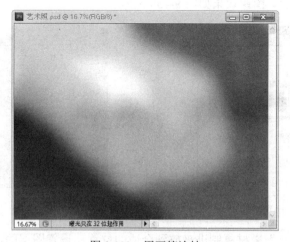

图 9-133　用画笔涂抹

（3）执行"滤镜"菜单→"模糊"→"高斯模糊"命令添加高斯模糊效果，将半径值设置为最大值。如图 9-134 所示。图像效果如图 9-135 所示。

图 9-134　高斯模糊

图 9-135　模糊后效果图

（4）打开"花 1"素材将其复制进来并放大到合适的大小。设置图层的混合模式为"线性加深"，如图 9-136 所示。图像效果如图 9-137 所示。

图 9-136　设置图层混合模式

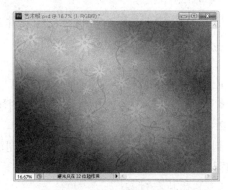

图 9-137　图像效果

（5）为图层添加图层蒙版。将前景色置为黑色，用画笔工具在蒙版上涂抹使花图像局部隐藏（在涂抹的过程中可以调整属性栏上的不透明度和流量，使涂抹出的不同部位的黑色深浅不一）。如图 9-138 所示。图像效果如图 9-139 所示。

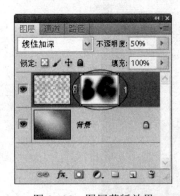

图 9-138　图层蒙版效果

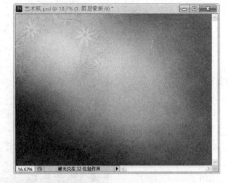

图 9-139　图像效果

（6）将"双人照 1"素材复制进来放到合适的位置，设置图层的混合模式和不透明度。如图 9-140 所示。图像效果如图 9-141 所示。

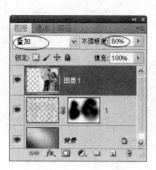

图 9-140　"图层"面板

图 9-141　图像效果

（7）添加图层蒙版，用画笔涂抹照片边缘和背景融合。"图层"面板如图 9-142 所示。图像效果如图 9-143 所示。

图 9-142　图层蒙版效果

图 9-143　图像效果

（8）为加强人像效果，按 Ctrl+J 组合键复制"图层 1"得到"图层 1 副本"。调整混合模式和不透明度，如图 9-144 所示。图像效果如图 9-145 所示。

图 9-144　"图层"面板

图 9-145　图像效果

（9）打开"花 2"素材将其复制进来，放大后调整图层的混合模式如图 9-146 所示。图像效果如图 9-147 所示。

（10）添加图层蒙版，将一部分图像隐藏。如图 9-148 所示。图像效果如图 9-149 所示。

（11）将"女孩"素材复制进来。设置图层混合模式和不透明度，如图 9-150 所示。图像效果如图 9-151 所示。

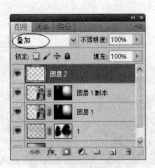

图 9-146　"图层"面板

图 9-147　图像效果

图 9-148　"图层"面板

图 9-149　图像效果

图 9-150　"图层"面板

图 9-151　图像效果

（12）添加图层蒙版将边缘隐藏。如图 9-152 所示。图像效果如图 9-153 所示。

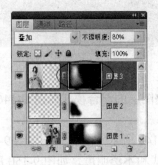

图 9-152　"图层"面板

图 9-153　图像效果

（13）按 Ctrl+J 组合键复制"图层 3"得到"图层 3 副本"。调整混合模式和不透明度，如图 9-154 所示。图像效果如图 9-155 所示。

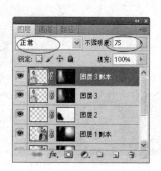

图 9-154　"图层"面板效果

图 9-155　图像效果

（14）打开"素材"文件将圆图案复制进来并放大，如图 9-156 所示。

图 9-156　图像效果

（15）再将文字复制进来，设置图层的混合模式，如图 9-157 所示。图像效果如图 9-158 所示。

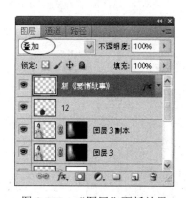

图 9-157　"图层"面板效果

图 9-158　图像效果

（16）选择椭圆选框工具，按住 Shift+Alt 组合键从圆中心向外拖动光标绘制正圆选区。如图 9-159 所示。

（17）打开"双人照 2"，按 Ctrl+A 组合键全选，再按 Ctrl+C 组合键拷贝在剪贴板上。执行"编辑"菜单→"选择性粘贴"→"粘入"命令将剪贴板上的图片粘入选区中。然后调整图片的位置得到最终效果图。如图 9-160 所示。

图 9-159　绘制正圆选区

图 9-160　最终效果图

子任务 4　唯美青蓝色艺术照

1. 目的和要求
- 练习对图像色调的调整。
- 练习对图像进行暗角处理的方法。
- 练习应用图像。

2. 具体执行过程

（1）打开"素材"文件，按 Ctrl+Shift+S 组合键将图像存储为"唯美青蓝色艺术照"，并选择"格式"为 PSD。如图 9-161 所示。

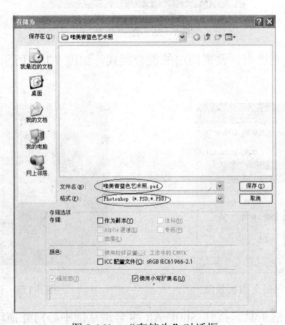

图 9-161　"存储为"对话框

（2）执行"图像"菜单→"编辑"→"色彩平衡"命令，对图像进行初步色调调整，使

图像颜色变成淡青蓝色。各项参数设置如图 9-162 所示。单击"确定"按钮，得到如图 9-163
所示效果。

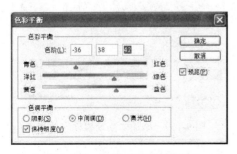

图 9-163　设置"色彩平衡"

图 9-163　调整"色彩平衡"效果图

（3）因色调程度不够，对其进一步进行加深处理。执行"图像"菜单→"编辑"→"照
片滤镜"命令，对图像添加"青色"滤镜。参数设置如图 9-164 所示。效果图如图 9-165 所示。

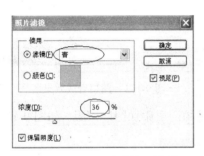

图 9-164　"照片滤镜"设置

图 9-165　添加"照片滤镜"效果图

（4）因图像感觉有点发灰，调整其色阶增强对比度。按 Ctrl+L 组合键调出"色阶"对话
框，分别设置"黑场"、"灰场"值如图 9-166 所示。调整后的图像如图 9-167 所示。

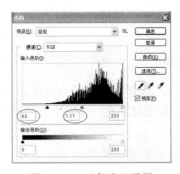

图 9-166　"色阶"设置

图 9-167　调整"色阶"效果图

（5）按 Ctrl+J 组合键复制一图层，对其进行高斯模糊处理。执行"滤镜"菜单→"模糊"
→"高斯模糊"命令，对图像进行模糊处理。在打开的对话框中设置参数如图 9-168 所示。模
糊后的图像如图 9-169 所示。

（6）按 F7 键打开"图层"面板，设置图层的混合模式为"柔光"，使图像效果变柔和。
"图层"面板如图 9-170 所示。图层合成效果如图 9-171 所示。

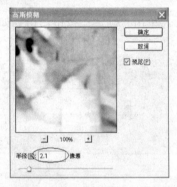

图 9-168 "高斯模糊"设置

图 9-169 添加"高斯模糊"效果图

图 9-170 设置图层混合模式

图 9-171 图层合成效果图

（7）为使眉眼、衣服等部位图像清晰，给模糊过的图层添加图层蒙版。如图 9-172 所示。

图 9-172 添加图层蒙版

（8）设置前景色为黑色。选择工具箱中的画笔工具，设置笔尖形状为柔角，用左右方括号键[、]调整笔尖大小，在图层蒙版上将眉眼和衣服等部位涂抹黑色，显示出下层清晰的图像。"图层"面板如图 9-173 所示。图像效果如图 9-174 所示。

（9）按 Ctrl+Alt+Shift+E 组合键盖印图层。给盖印图层添加光照效果。执行"滤镜"菜单→"渲染"→"光照效果"命令，在打开的对话框中设置各项参数如图 9-175 所示（其中颜色都设置为白色）。添加光照效果后的图像效果如图 9-176 所示。

（10）对图像进行暗角处理。将背景色置为 145252。按 Ctrl+Alt+Shift+N 组合键新建一图层，选择渐变工具，单击属性栏上"径向渐变"按钮，在图像中从人物中心开始拖动光标填充渐变色，然后设置图层混合模式为"正片叠底"。"图层"面板如图 9-177 所示。图像效果如图9-178 所示。

图 9-173　"图层"面板

图 9-174　图像效果

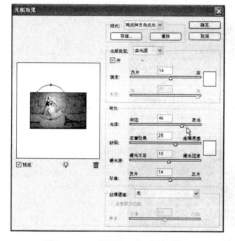

图 9-175　设置"光照效果"

图 9-176　添加"光照效果"后

图 9-177　"图层"面板

图 9-178　图像效果

（11）按 Ctrl+Alt+Shift+E 组合键盖印图层。为了增加效果图的质感，做"应用图像"操作。执行"图像"菜单→"应用图像"命令，在打开的对话框中设置各项参数，如图 9-179 所示。图像效果如图 9-180 所示。

（12）随意添加喜爱的文字。并增大画布的高度，用矩形选框工具在上、下两边选择矩形选区填充黑色，再用画笔工具绘制浅蓝色的两条装饰线。最终效果如图 9-181 所示。

（13）按 Ctrl+S 组合键保存图像文件。

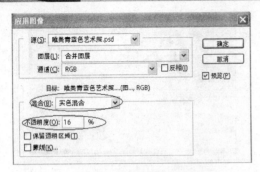

图 9-179 "应用图像"设置

图 9-180 图像效果

图 9-181 最终效果图

任务四 应用调整图层

子任务 1 给黑白照上色

1. 目的和要求
● 通过对该任务的执行熟练掌握用调整图层调整图像的方法。
● 熟练掌握图层蒙版的使用方法。
2. 完成思路
打开素材图片→对图像各部分分别用调整图层调整。
3. 具体执行过程
（1）打开"给黑白照上色"素材图片，按 Ctrl+Shift+S 组合键将图像存储为"效果图"，并选择"格式"为 PSD。
（2）先为头发上色。按 F7 键打开"图层"面板，单击面板下方的"创建新的填充或调整图层"按钮，如图 9-182 所示。在弹出的菜单中选择"渐变"打开"渐变填充"对话框。如图 9-183 所示。

图 9-182　"图层"面板

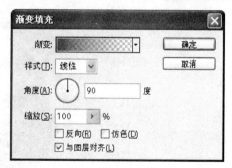

图 9-183　"渐变填充"对话框

（3）单击"渐变填充"对话框中的"渐变"选项打开"渐变编辑器"窗口，如图 9-184 所示。设置你想要的渐变色为头发上色。这里选择的颜色依次是 ebc347、ee8d3e、f5503c、5d2183、e59212、887dc1、f94e47、ffca5e。如图 9-185 所示。

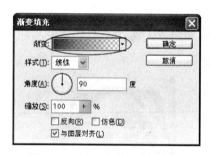

图 9-184　"渐变填充"对话框

图 9-185　"渐变编辑器"窗口

（4）单击"确定"按钮，"图层"面板如图 9-186 所示。图像效果如图 9-187 所示。

图 9-186　"图层"面板

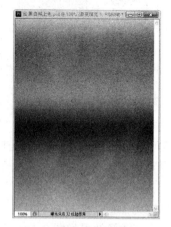

图 9-187　图像效果

（5）设置图层混合模式为"柔光"。图像效果如图 9-188 所示。

图 9-188　效果图

（6）单击"渐变填充 1"调整图层的蒙版将其激活，将前景色置为黑色，选择画笔工具，设置合适大小的柔角笔尖，将人像的面部、手部、衣服等不需要填充渐变色的地方用画笔涂抹遮住本图层的效果显示下面图层的图像。"图层"面板如图 9-189 所示。图像效果如图 9-190 所示。

图 9-189　"图层"面板效果

图 9-190　图像效果

（7）再为衣服上色。同样单击"图层"面板下方的"创建新的填充或调整图层"按钮，在弹出的菜单中选择"纯色"打开"纯色"对话框，选择一种喜欢的颜色为衣服上色。将图层混合模式设置为"柔光"。"图层"面板如图 9-191 所示。图像效果如图 9-192 所示。

（8）现在仍然需要将衣服之外的颜色隐藏。单击"颜色填充 1"调整图层的蒙版将其激活，前景色置为黑色，选择画笔工具，将除衣服之外的所有地方用画笔涂抹。"图层"面板如图 9-193 所示。图像效果如图 9-194 所示。

（9）再用上述同样的方法给面部和手部上色。"图层"面板如图 9-195 所示。图像效果如图 9-196 所示。

图 9-191　"图层"面板

图 9-192　图像效果

图 9-193　"图层"面板

图 9-194　图像效果

图 9-195　"图层"面板

图 9-196　图像效果

　　（10）给唇部上色。新建一图层，将前景色选择一种喜欢且协调的颜色（这里设置为ff0034），选择画笔工具在唇部涂抹。效果如图 9-197 所示。调整图层混合模式为"柔光"，图像效果如图 9-198 所示。

　　（11）为眼睛上眼影。新建一图层。将前景色设置为 184799，选择画笔工具，为了使眼睛更有立体感，在绘制眼睛不同部位时调整属性栏上的不透明度，在眼睛周围涂抹，然后设置图层混合模式为"柔光",设置图层混合模式前后图像效果如图 9-199 和图 9-200 所示。

图 9-197　给唇部上色

图 9-198　　"柔光"效果

图 9-199　前

图 9-200　后

（12）再新建一图层,为眼睛涂上更亮部分的眼影。将前景色设置为 cbc257,用画笔工具在眼睛上部涂抹,仍然设置图层混合模式为"柔光"。设置图层混合模式前后图像效果如图 9-201 和图 9-202 所示。

图 9-201　前

图 9-202　后

（13）新建一图层为眼珠上色。将前景色置为 0c51aa，在眼珠上涂抹，并设置图层混合模式为"柔光"。最终效果图如图 9-203 所示。

图 9-203　最终效果图

子任务 2　巧用图层混合模式和蒙版处理灰蒙蒙的图像

1. 目的和要求
● 　通过对该任务的执行熟练掌握使用图层混合模式和蒙版处理灰蒙蒙图像的方法。

2. 完成思路
复制两个背景图层→分别用不同的混合模式利用图层蒙版对图像的上下两部分进行调整→盖印图层设置混合模式提高图像的亮度→添加调整图层调整"青色"和"蓝色"对图像进行微调→将人物图像拖入。

3. 具体执行过程
（1）打开"背景"素材，按 Ctrl+Shift+S 组合键将图像存储为"效果图"，并选择"格式"为 PSD。

（2）按 Ctrl+J 组合键复制"背景"图层得到"图层 1"，设置图层混合模式为"线性光"，然后添加图层蒙版，从下向上填充从黑色到白色的线性渐变。"图层"面板如图 9-204 所示。图像效果如图 9-205 所示。

图 9-204　"图层"面板

图 9-205　图像效果

（3）按 Ctrl+J 组合键复制"图层 1"得到"图层 1 副本"，设置图层混合模式为"强光"，然后激活图层蒙版，从上向下填充从黑色到白色的线性渐变（说明：上面这两步是为了分别处理图像的上下两部分的效果，请读者仔细观察第（2）步和第（3）步添加图层蒙版前后的效果）。"图层"面板如图 9-206 所示。图像效果如图 9-207 所示。

图 9-206　"图层"面板

图 9-207　图像效果

（4）按 Ctrl+Shift+Alt+E 组合键盖印图层。设置图层混合模式为"滤色"，添加图层蒙版，从中心向外填充从白色到黑色的径向渐变，然后用黑色画笔在图层蒙版上涂抹图像曝光过度的地方（将属性栏上的"不透明度"和"流量"数值调小点）。"图层"面板如图 9-208 所示。图像效果如图 9-209 所示。

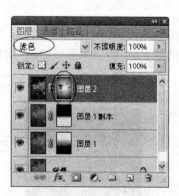

图 9-208　"图层"面板

图 9-209　图像效果

（5）再按 Ctrl+Shift+Alt+E 组合键盖印图层。

（6）创建"色相/饱和度"调整图层。调整"蓝色"和"青色"，并降低图层的不透明度。至此背景图像调整完毕。"图层"面板如图 9-210 所示。调整"蓝色"和"青色"，如图 9-211 和图 9-212 所示。

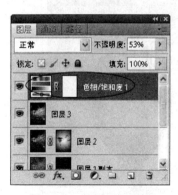

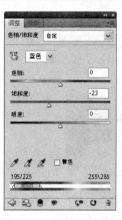

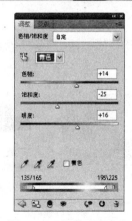

图9-210　"图层"面板　　　图9-211　调整"蓝色"　　　图9-212　调整"青色"

（7）现在将人物图像拷入场景。打开"人物"素材，将人物图像抠出复制到"效果图"文件中得到最终效果。如图9-213所示。

图9-213　最终效果图

实践任务

任务1：模仿制作"产品展销会"广告

1. 要求

自己选择合适素材，参考图9-214的效果制作一幅"产品展销会"广告图片。

2. 目的

通过对本作品的制作熟练掌握图层样式和图层不透明度的使用方法。

3. 提示

为左边的水果图片添加"添加杂色"滤镜效果，为右边的图片添加"动感模糊"滤镜效果。

任务2：制作饮料广告

1. 要求

使用所给素材参照如图9-215所示效果图制作饮料广告。

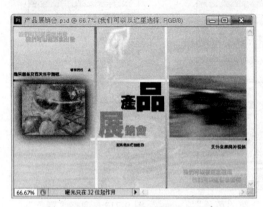

图 9-214 产品展销会效果图

图 9-215 饮料广告

2. 目的

通过对本任务的执行熟练掌握对文字图层添加图层样式的方法。

3. 提示

（1）可将"清爽"文字图层再复制一层，分别给两个图层描不同颜色、不同宽度的边。

（2）对"清爽一夏 浪漫一生"进行文字变形。

任务 3：制作啤酒广告

1. 要求

（1）参照如图 9-216 所示效果，用所给素材制作啤酒广告。

（2）保存文件为两种格式：PSD、jpg。

图 9-216 啤酒广告

2. 目的

通过对任务的执行熟练掌握图层混合模式的应用。

3. 提示

（1）鱼不用抠出，只需用柔角橡皮擦将边缘擦除，如同在"女人，请远离"任务中对人物背景的处理。

（2）啤酒中的泡泡可以参照源文件中的图层混合模式，然后用"亮度/对比度"调整，将亮度降低、对比度提高则可以将泡泡背景隐藏。

任务 4：参考"艺术照源文件"制作艺术照

1．要求

（1）参考"艺术照源文件"利用所给素材制作如图 9-217 所示的艺术照。

图 9-217　艺术照

（2）保存文件为两种格式：PSD、jpg。

2．目的

（1）通过对任务的执行熟练掌握图层混合模式和图层蒙版的使用方法。

（2）掌握调整图层的使用方法。

3．提示

打开源文件分析各图层的顺序、混合模式、图层蒙版、图层不透明度等，一步一步照着源文件的图层完成任务。

任务 5：制作地产广告

1．要求

（1）参照如图 9-218 所示效果图，用所给的"地产广告"文件夹中的素材制作地产广告。

图 9-218　地产广告

（2）文件大小为 48.5×36 厘米，分辨率为 72 像素/英寸，模式为 RGB。

（3）保存文件为两种格式：PSD、jpg。

2．目的

通过对作品的制作熟练掌握调整图层的应用。

3．提示

（1）门钉可以做出一行后复制两层，用"亮度/对比度"分别调整图层明暗度，并且将调整图层变成剪贴蒙版。

（2）所有的图层都用合适的调整图层调整。

（3）用画笔工具绘制光晕和光线。

任务 6：设计一幅作品（题目自拟，素材自备）

1．要求

作品中要应用图层样式、图层混合模式等技术。

2．目的

通过对作品的设计熟练掌握图层样式和图层混合模式的应用。

模块十　路径的应用

任务导读：

本模块是关于绘制路径和编辑路径方面应用的任务模块。通过对该模块任务的执行，要熟练掌握用绘制路径的工具绘制各种形状的路径，对路径进行填充、描边、变换、调整等操作，学会选区和路径之间的相互转换方法。

基本技能：

- 路径的绘制工具的应用
- 编辑路径的工具的应用
- 填充、描边、变换路径
- 选区和路径之间的相互转换方法

任务一　制作邮票

1. 目的和要求
- 练习将选区转换为路径。
- 练习给路径用橡皮擦描边。

2. 完成思路

扩大画布→将图像的选区转化为路径→用橡皮擦描边路径制作出锯齿边缘。

3. 具体执行过程

（1）打开"素材"图片。执行"图像"菜单→"画布大小"命令，在弹出的"画布大小"对话框中将"相对"勾选；"画布扩展颜色"设置为白色，单击"确定"按钮为图像扩大画布。设置"画布大小"参数如图10-1所示。图像效果如图10-2所示。

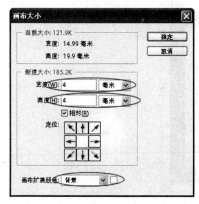

图10-1　"画布大小"设置

图10-2　图像效果

（2）在"图层"面板中新建"图层 1"。双击背景层使其变成"图层 0"，然后拖到"图层 1"之上。"图层"面板如图 10-3 所示。

图 10-3　"图层"面板效果

（3）在"图层"面板中激活"图层 1"。再次执行"图像"菜单→"画布大小"命令放大画布。设置"画布大小"参数如图 10-4 所示。图像效果如图 10-5 所示。

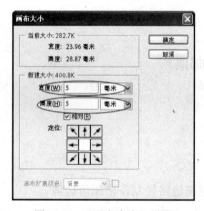

图 10-4　"画布大小"设置

图 10-5　图像效果

（4）在"图层 1"中填充一种颜色作为背景。在"图层"面板中激活"图层 0"。按住 Ctrl 键，在"图层"面板上单击"图层 0"的小图标将图像区域选中。如图 10-6 所示。

图 10-6　选择"图层 0"图像选区

（5）激活"路径"面板。单击"路径"面板下端的"将选区生成工作路径"按钮将选区转为路径。如图 10-7 和图 10-8 所示。

图 10-7　"将选区生成工作路径"按钮

图 10-8　生成工作路径

（6）在工具箱中选择橡皮擦工具 。按 F5 键打开"画笔"面板，设置笔尖大小和间距，如图 10-9 所示。

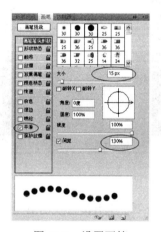

图 10-9　设置画笔

（7）单击"路径"面板下端的"用画笔描边路径"按钮，得到用橡皮擦擦除边界的图像。如图 10-10 和图 10-11 所示。

图 10-10　"用画笔描边路径"按钮

图 10-11　图像效果

（8）单击"路径"面板中的空白区域将路径隐藏，如图 10-12 所示。

图 10-12　空白区

（9）再切换到"图层"面板，为邮票添加投影效果，将文件存储为"邮票效果图.PSD"。图像效果如图 10-13 所示。自己可制作一邮戳，如图 10-14 所示。

图 10-13　图像效果

图 10-14　邮戳效果

任务二　制作"我心依旧"

1. 目的和要求
- 练习用自定义形状工具绘制路径。
- 练习为图层添加"样式"面板中已定义好的图层"样式"。
- 练习修改所使用的图层样式。

2. 完成思路

用形状工具绘制心形→应用样式→输入文字。

3. 具体执行过程

（1）新建一个大小为 400×400 像素、分辨率为 72 像素/英寸、RGB 模式、白色背景的文件。

（2）在工具箱中选择自定义形状工具 ，单击属性栏中"形状图层"按钮。如图 10-15 所示。

图 10-15　"形状图层"按钮

（3）单击属性栏上"形状"右边的下拉箭头，在弹出的下拉菜单中选择心形形状。如图10-16 所示。

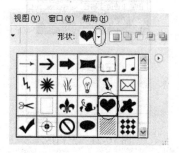

图 10-16　选择心形形状

（4）单击属性栏右边的"样式"旁的下拉箭头。在弹出的"样式"窗口中选择向右的箭头。如图 10-17 所示。在弹出的菜单中选择"玻璃按钮"样式并选择"追加"方式。选择其中的一个玻璃按钮"样式"（无所谓什么颜色），如图 10-18 所示。

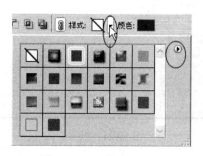

图 10-17　"样式"窗口

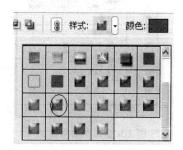

图 10-18　玻璃按钮

（5）按住 Shift 键，用自定义形状工具在图像编辑区绘制一个心形，则系统会自动建一个形状图层。将心形移动到图像编辑区中心位置。"图层"面板如图 10-19 所示。图像效果如图 10-20 所示。

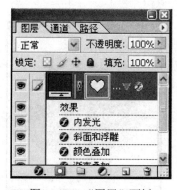

图 10-19　"图层"面板

图 10-20　图像效果

（6）切换到"路径"面板。单击"路径"面板中的空白区域将路径隐藏。如图 10-21 所示。

（7）切换到"图层"面板。在"图层"面板中双击"颜色叠加"样式图层，如图 10-22 所示。在弹出的对话框中设置"混合模式"的颜色为红色，如图 10-23 所示。单击"好"按钮应用。心形图像就变成了红色。

图 10-21　空白区

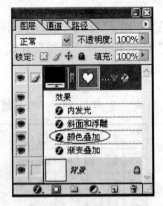

图 10-22　"颜色叠加"

图 10-23　设置颜色

（8）再为心形图像添加投影样式。设置"混合模式"的颜色为红色，其他设置如图 10-24所示。

（9）选择文字工具，在属性栏中选择合适的字号和自己喜欢的字体，在图像编辑区输入黄色的文字"My heart will go on"。如图 10-25 所示。

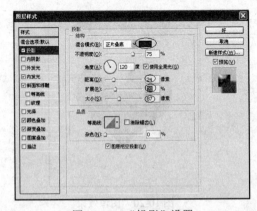

图 10-24　"投影"设置

图 10-25　输入文字

（10）将心形图像图层拖到"图层"面板的新建按钮 上复制一个副本。再将副本图层拖到文字图层的上面。调整副本图层的"不透明度"让下面的文字显示。"图层"面板如图 10-26所示。图像效果如图 10-27 所示。

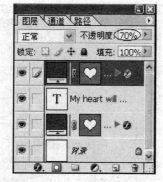

图 10-26　"图层"面板

图 10-27　图像效果

任务三　边缘效果

1. 目的和要求
- 练习用自定形状工具绘制路径。
- 练习将工作路径存储的方法。
- 练习对路径层的复制方法。
- 练习对路径的自由变换。
- 练习对路径描边和填充的方法。
- 练习在路径上创建文本。

2. 完成思路

新建文件→用形状工具绘制路径→定义图案→用图案图章工具为路径描边→用"粘贴入"方法将人像粘贴到选区中→放大路径输入文字。

3. 具体执行过程

（1）新建一个各项参数如图 10-28 所示的文件。然后置前景色 RGB 值为 50、101、229。按 Alt+Delete 组合键填充前景色。

图 10-28　"新建"对话框

（2）按 Ctrl+R 组合键调出标尺。在标尺上双击，在弹出的"首选项"窗口中修改标尺的单位为"像素"，如图 10-29 所示。然后拖出一条纵向参考线和一条横向参考线，其交点置于图像编辑区正中。如图 10-30 所示。

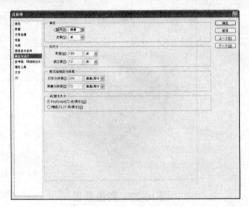

图 10-29　修改标尺单位

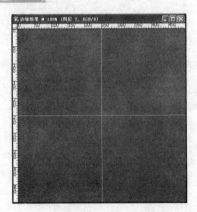

图 10-30　参考线效果

　　（3）单击"图层"面板下端的"创建新的图层"按钮，新建"图层 2"。选择工具箱中的"自定形状工具" 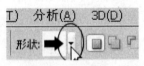，单击属性栏上"形状"后面的下拉箭头，如图 10-31 所示。在弹出的窗口中选择"红桃"形状。如图 10-32 所示。

图 10-31　属性栏

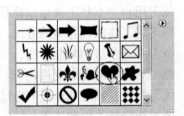

图 10-32　选择"红桃"形状

　　（4）单击属性栏上"路径"按钮，如图 10-33 所示。按住 Shift+Alt 组合键（可从中心处开始绘制正心形），将光标从参考线的十字交叉点处开始向外拖动，在图像编辑区绘制一个合适大小的心形路径，如图 10-34 所示。

图 10-33　"路径"按钮

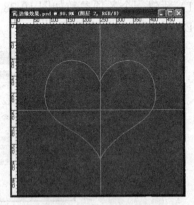

图 10-34　绘制心形路径

　　（5）激活"路径"面板。单击面板上的"工作路径"层，在弹出的"存储路径"对话框上单击"好"按钮存储路径。如图 10-35 所示。
　　（6）打开素材库中"边缘效果"的"rose"图片。用矩形选框工具框选其中一朵玫瑰，如图 10-36 所示。执行"编辑"菜单→"定义图案"命令，在弹出的对话框中输入图案名称，单击"好"按钮定义玫瑰图案。如图 10-37 所示。

图 10-35 存储路径

图 10-36 绘制矩形选区   图 10-37 定义图案

（7）将"边缘效果"文件激活。选择工具箱中的图案图章工具，单击属性栏上"图案"右边的下拉箭头，在弹出的窗口中选择刚才定义的"玫瑰"图案。如图 10-38 所示。

图 10-38 选择"玫瑰"图案

（8）按 F5 键打开"画笔"面板，选择笔尖形状为尖角，其余参数如图 10-39 所示。

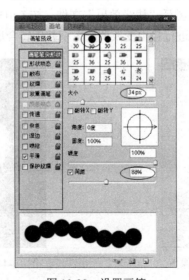

图 10-39 设置画笔

（9）单击"路径"面板下端的"用画笔描边路径"按钮，给路径描边。如图 10-40 所示。

按 Ctrl+R 组合键隐藏标尺，按 Ctrl+；组合键隐藏参考线。图像效果如图 10-41 所示。

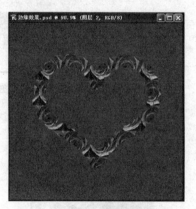

图 10-40　"用画笔描边路径"按钮　　　　　　　　图 10-41　图像效果

（10）单击"路径"面板下端的"将路径作为选区载入"按钮，将路径转换为选区。如图 10-42 所示。

图 10-42　"将路径作为选区载入"按钮

（11）打开素材库中的"女孩"图片。用矩形选框工具框选女孩头像，如图 10-43 所示。按 Ctrl+C 组合键拷贝在剪贴板上。激活"边缘效果"文件，按 Ctrl+Shift+Alt+V 组合键将剪贴板上的图像"粘入"选区中。对图像进行自由变换调整大小并旋转合适的角度。如图 10-44 所示。

图 10-43　选区头像　　　　　　　　　　图 10-44　"粘入"后旋转图像

（12）按 Ctrl+［组合键将女孩所在的图层向下移动一层。如图 10-45 所示。在"图层"面板中新建"图层 4"并拖放在"图层 1"上。如图 10-46 所示。

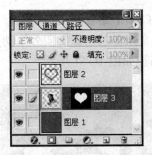
图 10-45 "图层"面板效果

图 10-46 将"图层 4"放在"图层 1"之上

（13）在"路径"面板中将"路径 1"拖到下端的"创建新路径"按钮上复制"路径 1"得到"路径 1 副本"。按 Ctrl+T 组合键对路径进行自由变换。按 Shift+Alt 组合键（可从中心处缩放），将光标放在自由变换框的角点上向外拖动使路径增大。按 Enter 键应用自由变换。路径效果如图 10-47 所示。

图 10-47 路径效果

（14）单击"路径"面板右上端向右箭头，如图 10-48 所示。在弹出的下拉菜单中选择"填充路径"选项，在"填充路径"对话框设置填充"内容"为"白色"，"羽化半径"为 15，如图 10-49 所示。单击"好"按钮填充路径。在"路径"面板中的空白区单击取消路径的显示。图像效果如图 10-50 所示。

图 10-48 向右箭头的按钮

图 10-49 "填充路径"设置

（15）再复制"路径 1"得到"路径 1 副本 2"。按 Ctrl+T 组合键对路径进行自由变换。按 Shift+Alt 组合键（可从中心处缩放），将光标放在自由变换框的角点上向外拖动光标使路径增大。按 Enter 键应用自由变换。显示在图像编辑区的路径如图 10-51 所示。

图 10-50　图像效果　　　　　　　　　　　　　　图 10-51　路径

（16）选择工具箱中的转换点工具 ⌐，调整心形路径的两个尖角使之光滑。如图 10-52 所示。

图 10-52　调整路径变光滑

（17）选择工具箱中的横排文字工具 T。在属性栏中设置字体和字号如图 10-53 所示。用光标在路径上单击则会显示垂直于路径的光标。将前景色置为白色，输入文字得到最终效果如图 10-54 所示。

图 10-53　设置文字

图 10-54　最终效果

任务四　制作美容院广告

1. 目的和要求
- 通过对该作品的制作熟练掌握绘制路径和编辑路径的方法。
- 熟练掌握图层蒙版的使用方法。

2. 完成思路

将素材中的图片选择合适的部分复制到"美容院广告"文件中→用钢笔绘制路径→填充路径→输入文字。

3. 具体执行过程

（1）新建一个各项参数如图 10-55 所示的文件。

图 10-55　"新建"对话框

（2）选择各素材中合适的部分复制到"美容院广告"文件中并留一点空白间隙排列。如图 10-56 所示。

（3）在"图层"调板中将白色背景层的眼睛 关闭，按 Ctrl+Shift+E 组合键合并可见图层，使四幅复制过来的图像在同一个图层上。为合并后的图层添加图层蒙版。"图层"面板如图 10-57 所示。

（4）按 D 键恢复默认的前、背景色。选择渐变工具 。将渐变色设置为从"前景到背景"；填充方式为"线性渐变"。从上向下拖动光标为图层蒙版填充渐变色。如图 10-58 和图

10-59 所示。

图 10-56　将背景图像排列

图 10-57　"图层"面板

图 10-58　"图层"面板

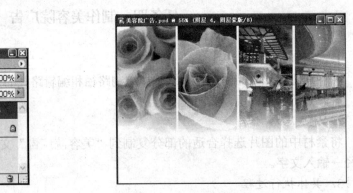

图 10-59　图像效果

（5）选择工具箱中的钢笔工具 ◇。单击属性栏上的"路径"按钮，如图 10-60 所示。绘制如图 10-61 所示的闭合路径。

图 10-60　将"路径"按钮按下

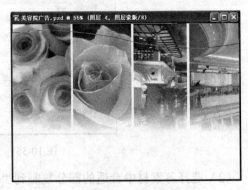

图 10-61　路径效果

（6）在"路径"面板中双击"工作路径"将其存储成"路径 1"。如图 10-62 所示。

（7）在"图层"面板中新建一图层。设置前景色 RGB 值为 204、101、169。在"路径"面板中激活"路径 1"，单击"路径"面板下端的"用前景色填充路径"按钮填充路径。如图 10-63 所示。

图 10-62　"路径"面板

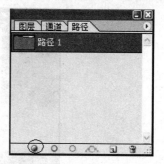
图 10-63　"用前景色填充路径"按钮

（8）在"路径"面板中将"路径 1"拖到下端的"创建新路径"按钮 □ 上，得到"路径 1 副本"层。选择工具箱中直接选取工具 ，调整路径成如图 10-64 所示的形状。

（9）设置前景色 RGB 值为 158、51、121。用第（7）步的方法为路径填充前景色。如图 10-65 所示。

图 10-64　路径效果

图 10-65　为路径填充效果图

（10）再复制"路径 1"层得到"路径 1 副本 2"层，并对其进行调整。如图 10-66 所示。设置前景色 RGB 值分别为 122、46、96。用前景色填充"路径 1 副本 2"，在"路径"面板的空白区域单击，取消路径的显示。图像效果如图 10-67 所示。

图 10-66　路径效果

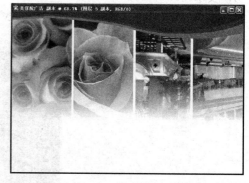
图 10-67　图像效果

（11）在"图层"面板中将"图层 5"拖到下端的"创建新图层"按钮 □ 上，得到"图层 5 副本"层。执行"编辑"菜单→"变换"→"水平翻转"命令和"编辑"菜单→"变换"→"垂直翻转"命令，然后将图像移动到图像编辑区下方，图像效果如图 10-68 所示。

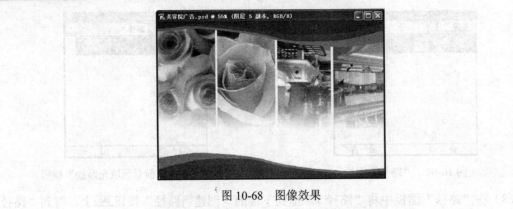

图 10-68　图像效果

（12）输入文字并添加投影和描边样式。复制"图案"图像。最终效果如图 10-69 所示。

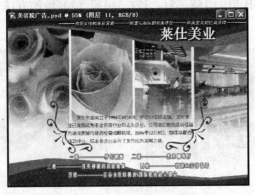

图 10-69　最终效果

实践任务

任务 1：制作"官民一心"

1. 要求

（1）参照图 10-70 效果制作"官民一心"。

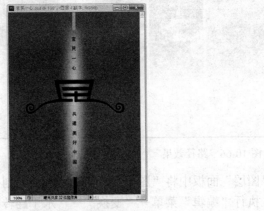

图 10-70　官民一心

（2）保存文件为两种格式：PSD、jpg。

2．目的

通过对本任务的执行熟练掌握路径的绘制方法和调整方法。

3．提示

（1）"民"字用画笔工具选择"方头画笔"写出，然后进行"透视变形"。

（2）不规则图像部分用路径工具绘制后填充路径。

任务 2：制作旅游广告

1．要求

（1）参照图 10-71 效果制作"旅游广告"。

（2）保存文件为两种格式：PSD、jpg。

图 10-71　旅游广告

2．目的

通过对本任务的执行熟练掌握路径的绘制方法和调整方法。

3．提示

每个圆形朦胧图的制作方法：

（1）新建图层绘制任意颜色的圆。

（2）将素材图像复制到圆图像图层之上，并将其转换成剪贴蒙版。

（3）给圆图层添加"外发光"效果。

（4）将圆选区选中，径向填充方式填充从前景到透明的渐变。

模块十一　快速蒙版和通道的应用

任务导读：

本模块是关于快速蒙版和通道方面应用的任务模块。通过对该模块任务的执行，要熟练掌握用快速蒙版制作和编辑选区；用通道制作和编辑选区；用通道抠图；调整偏色照片；专色通道的使用方法。

基本技能：

- 快速蒙版的制作和编辑选区
- 通道制作和编辑选区
- 专色通道的应用

任务一　快速蒙版的应用

子任务 1　艺术边框

1. 目的和要求
- 练习快速蒙版的使用。
- 练习在蒙版模式下用"滤镜"编辑选区。
- 练习为选区填充和描边。

2. 完成思路

制作矩形选区→进入快速蒙版编辑状态→使用滤镜→返回标准模式编辑状态→填充、描边。

3. 具体执行过程

（1）按 Ctrl+N 组合键打开"新建"对话框。在弹出的"新建"对话框中将名称改为"艺术边框"。其余设置默认。单击"好"按钮。如图 11-1 所示。然后将"人物"图片拷入。

图 11-1　"新建"对话框

（2）执行"图像"→"画布大小"命令，在弹出的对话框中设置参数如图 11-2 所示，单击"好"按钮则画布将被增大。在图像编辑区绘制矩形选区。如图 11-3 所示。

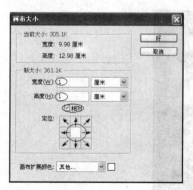

图 11-2　"画布大小"设置

图 11-3　绘制矩形选区

（3）按 Q 键切换到"以快速蒙版模式编辑"状态。执行"滤镜"菜单→"扭曲"→"波纹"命令，在弹出的对话框中设置合适的参数，如图 11-4 所示。单击"好"按钮应用。再按 Q 键切换回标准模式，此时图像中的选区如图 11-5 所示。

图 11-4　"波纹"对话框

图 11-5　选区效果

（4）按 Ctrl+Shift+I 组合键将选区反选。新建一图层，设置前景色 GRB 值为 90、13、139，按 Alt+Delete 组合键为选区填充前景色。如图 11-6 所示。

图 11-6　填充选区

（5）执行"编辑"菜单→"描边"命令。在弹出的"描边"对话框中设置"宽度"为"3像素"；"颜色"的 RGB 值为 191、128、250。描边后得到最终效果图如图 11-7 所示。

图 11-7　最终效果

子任务 2　红酒广告

1. 目的和要求
● 练习快速蒙版的使用。
● 练习在蒙版模式下用"滤镜"编辑选区。
2. 完成思路
制作矩形选区→进入快速蒙版编辑状态→使用滤镜→返回标准模式编辑状态→进行后面的操作。
3. 具体执行过程
（1）新建一个各项参数如图 11-8 所示的文件。

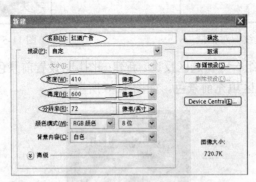

图 11-8　"新建"对话框

（2）将前景色置为 fca807，按 Alt+Delete 组合键为"背景"图层填充。
（3）新建"图层 1"，用白色填充。
（4）选择工具箱中的套索工具，在文件中绘制一个如图 11-9 所示的选区。
（5）单击工具箱最下面的"以快速蒙版模式编辑"按钮，进入快速蒙版模式编辑状态。
如图 11-10 和图 11-11 所示。

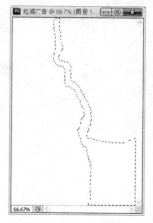

图 11-9　选区效果

图 11-10　"以快速蒙版模式编辑"按钮

图 11-11　快速蒙版模式编辑状态

（6）执行"滤镜"菜单→"像素化"→"晶格化"命令，打开"晶格化"对话框，设置"单元格大小"为6。单击"确定"按钮，图像效果如图 11-12 所示。

图 11-12　图像效果

（7）再单击工具箱最下面的"以标准模式编辑"按钮（如图 11-13 所示）回到标准模式编辑状态得到如图 11-14 所示的选区。

图 11-13　"以标准模式编辑"按钮

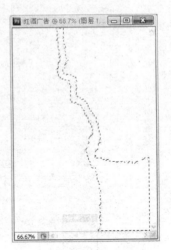

图 11-14　选区效果

（8）按 Delete 键删除"图层 1"在选区中的图像。如图 11-15 所示。执行"选择"菜单→"修改"→"扩展"命令，打开"扩展选区"对话框，设置"扩展量"为 4。扩展选区后效果如图 11-16 所示。

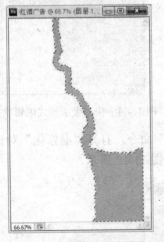

图 11-15　删除选区中图像

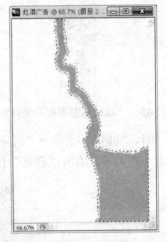

图 11-16　扩展选区效果图

（9）按 Ctrl+Shift+I 组合键将选区反选。如图 11-17 所示。新建"图层 2"。将前景色置为 3aae00，给选区填充前景色，按 Ctrl+D 组合键取消选区。如图 11-18 所示。

（10）选择工具箱中的横排文字工具 T，在"字符"面板中设置字体和大小。如图 11-19 所示。颜色为 3aae00。输入"YALUMBA"文字。按 Ctrl+Enter 组合键退出对文字的编辑。如图 11-20 所示。

（11）在"图层"面板中的文字图层上右击，在右键菜单中选择"栅格化文字"选项将文字图层栅格化。如图 11-21 所示。

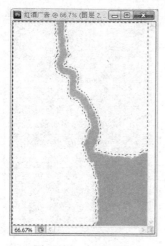

图 11-17　反选选区

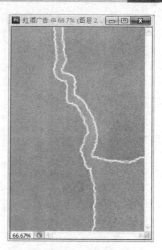

图 11-18　填充选区

图 11-19　"字符"设置

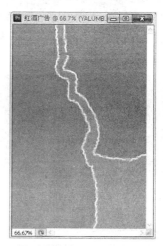

图 11-20　输入文字

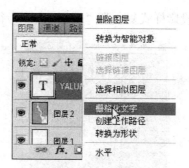

图 11-21　选择"栅格化文字"

（12）按住 Ctrl 键单击"图层"面板中"图层 2"的小图标得到图像的选区。如图 11-22 所示。按 Ctrl+Shift+I 组合键反选选区。激活文字所在的图层，按 Delete 键删除在选区中的文字，然后取消选区，如图 11-23 所示。

（13）为文字所在的图层添加合适大小的"投影"样式，如图 11-24 所示。图像效果如图 11-25 所示。

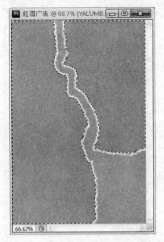

图 11-22   "图层 2"中图像选区

图 11-23   图像效果

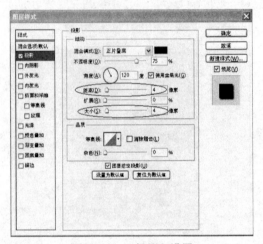

图 11-24   "投影"设置

图 11-25   图像效果

（14）将文字所在图层的投影样式复制到"图层 1"上，得到如图 11-26 所示效果。

图 11-26   复制投影效果

（15）打开"人物"素材，为图像扩大画布。参数设置如图 11-27 所示。图像效果如图 11-28 所示。

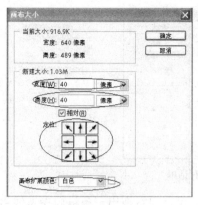

图 11-27　　"扩大画布"设置　　　　　　　　　　图 11-28　　图像效果

（16）将"人物"图像复制到"红酒广告"文件中并置于最上层。对图像进行自由变换，缩小并旋转。应用自由变换后效果如图 11-29 所示。将"酒瓶"素材复制到"背景"图层之上，其他图层之下。最终效果如图 11-30 所示。

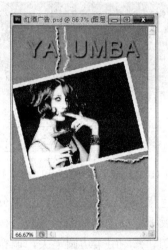

图 11-29　　"图层"面板效果　　　　　　　　　　图 11-30　　最终效果

子任务 3　艺术照

1. 目的和要求
- 练习图像合成的方法。
- 练习用快速蒙版制作选区的方法。

2. 完成思路

合成图像→在蒙版中用画笔涂抹黑色使照片衔接处融合→用快速蒙版制作选区→将选区外的图像删除→添加"描边"样式。

3. 具体执行过程

（1）设置背景色为黑色。新建一个各项参数如图 11-31 所示的文件。

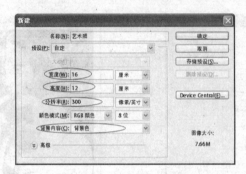

图 11-31　"新建"对话框

（2）按 Ctrl+R 组合键调出标尺。光标放在左边标尺上向右拖出一条纵向参考线将绘图区分成两等份。如图 11-32 所示。打开素材"01"和"02"，分别用移动工具将图片拖到"艺术照"文件中，调整大小使其正好分开放在参考线两边。再按 Ctrl+R 组合键隐藏标尺，按 Ctrl+；组合键隐藏参考线。如图 11-33 所示。

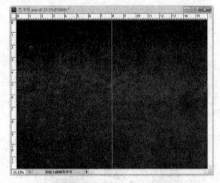

图 11-32　拖出参考线

图 11-33　将素材"01"和"02"拷入

（3）为了让两张图片的衔接处没有缝隙，且和黑色背景融合，在两个图层上分别添加图层蒙版。在"图层"面板中将"图层 1"激活，单击面板下方的"添加图层蒙版"按钮为图层添加蒙版。将前景色置为黑色。选择工具箱中的画笔工具，用柔边圆笔尖，调整大小合适后在图层蒙版中间向下涂抹，"图层"面板如图 11-34 所示。图像效果如图 11-35 所示。

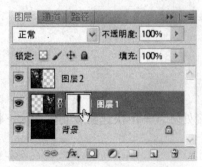

图 11-34　"图层"面板

图 11-35　图像效果

（4）用同样的方法制作出"图层 2"的蒙版。图像效果如图 11-36 所示。打开"03"素材，用移动工具拖到"艺术照"文件中。将其缩至合适的大小。如图 11-37 所示。

图 11-36　图像效果　　　　　　　　　图 11-37　复制"03"素材并缩小

（5）按 Q 键切换到"以快速蒙版模式编辑"状态。将前景色置为黑色。选择工具箱中的画笔工具 ，选择合适的笔刷，绘制出如图 11-38 所示的图像（此图像不在"艺术照"文件中，是为了让大家看清楚另外制作的作为参照的一个文件）。

图 11-38　绘制图像

（6）此时"艺术照"图像效果如图 11-39 所示。再按 Q 键回到标准模式编辑状态，得到如图 11-40 所示的选区。

图 11-39　图像效果　　　　　　　　　图 11-40　选区效果

（7）按 Delete 键将选区中的图像删除。按 Ctrl+D 组合键取消选区。如图 11-41 所示。

图 11-41　删除选区中图像

（8）为"图层 3"添加描边图层样式，各项参数如图 11-42 所示，颜色为 8e8b80。图像效果如图 11-43 所示。

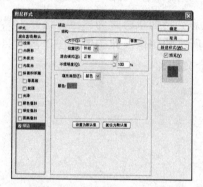

图 11-42　"描边"样式设置

图 11-43　图像效果

（9）将图像拖到下列所示的位置并用自由变换命令稍微转动一下，效果如图 11-44 所示。打开"04"素材，用上述同样的方法制作图 11-45 所示的效果。

图 11-44　图像效果

图 11-45　复制"04"素材

（10）打开素材"05"，用移动工具拖到"艺术照"文件中，将其缩小放在左下角。用矩形选框工具绘制一个如图 11-46 所示的选区。按 Ctrl+Shift+I 组合键反选，按 Delete 键删除，取消选区。图像效果如图 11-47 所示。

图 11-46 绘制选区

图 11-47 删除选区中的图像

（11）为图层添加描边样式，颜色为 e1e1e1，参数设置如图 11-48 所示。描边后图像效果如图 11-49 所示。

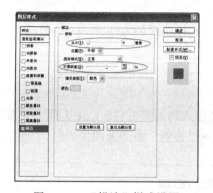

图 11-48 "描边"样式设置

图 11-49 描边后效果图

（12）打开"烟雾"素材，直接用移动工具拖到"艺术照"文件中，缩小后移动到合适的位置。如图 11-50 所示。

图 11-50 复制"烟雾"素材

（13）按住 Ctrl 键，单击"图层"面板上"图层 4"的小图标将图像的选区选中，按 Delete 键删除"烟雾"图层在选区中的图像，然后取消选区。如图 11-51 所示。选择合适的字体、颜色、大小输入文字。最后效果如图 11-52 所示。

图 11-51　删除"图层4"图像上的烟雾图像　　　　图 11-52　最终效果图

子任务4　春之恋人物写真

1．目的和要求

- 通过对该任务的执行熟练掌握使用快速蒙版制作选区的方法。
- 学会通过图层叠加提高图像亮度的方法。
- 学会用裁切工具扩大画布的方法。

2．具体执行过程

（1）打开"人物"素材，将文件存储为"春之恋人物写真"。按 Ctrl+J 组合键复制"背景"得到"图层1"。执行"图像"菜单→"调整"→"去色"命令为图像去色。"图层"面板如图 11-53 所示。

图 11-53　"图层"面板效果

（2）再按 Ctrl+J 组合键复制"图层1"得到"图层1副本"，调整图层混合模式为"滤色"（为了提高图像的亮度），并调整不透明度。"图层"面板如图 11-54 所示。图像效果如图 11-55 所示。

（3）按 Ctrl+Shift+Alt+E 组合键盖印图层得到"图层2"。为了加强图像的对比度，添加"亮度/对比度"（或曲线）调整图层，设置合适的参数值。"图层"面板如图 11-56 所示。参数设置如图 11-57 所示。

（4）按 D 键恢复默认的前景色和背景色。选择裁切工具，拖出一个超出画面的横框（如果一次性框选不了那么大，先框选全部图像，然后拖动左边框线将框拖大）。如图 11-58 所示。

（5）双击应用裁切（这是扩大画布的另一种方法）。图像效果如图 11-59 所示。

图 11-54　"图层"面板

图 11-55　图像效果

图 11-56　"图层"面板

图 11-57　"亮度/对比度"设置

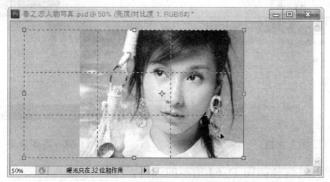

图 11-58　拖大裁切框

图 11-59　图像效果

（6）为"背景"图层填充白色。将"图层 1"和"图层 1 副本"眼睛关闭（也可以删除）。给"图层 2"添加图层蒙版，将前景色置为黑色，使用画笔工具，选择合适大小的柔角笔刷，在图层蒙版上涂抹将人物背景不需要的部分隐藏。"图层"面板如图 11-60 所示。图像效果如图 11-61 所示。

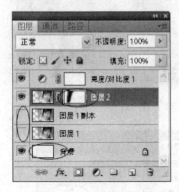 

图 11-60　"图层"面板　　　　　　　　　图 11-61　图像效果

（7）新建一图层。用矩形选框工具，在图像中绘制一矩形选区，填充黑色，调整图层不透明度。"图层"面板如图 11-62 所示。图像效果如图 11-63 所示。

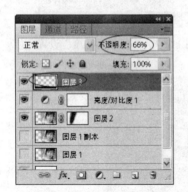 

图 11-62　"图层"面板　　　　　　　　　图 11-63　图像效果

（8）使用套索工具选择如图 11-64 所示的选区。

图 11-64　选区效果

（9）按 Q 键进入快速蒙版模式编辑状态。如图 11-65 所示。执行"滤镜"菜单→"画笔描边"→"喷溅"命令，设置合适的参数值编辑选区。然后按 Q 键回到标准模式状态。图像效果如图 11-66 所示。

图 11-65　快速蒙版编辑状态　　　　　　　　　图 11-66　选区效果

（10）将选区反向选择。新建一图层，将前景色置为 b0b0b0，填充前景色。取消选区。添加"投影"图层样式。"图层"面板如图 11-67 所示。图像效果如图 11-68 所示。

图 11-67　"图层"面板　　　　　　　　　　　图 11-68　图像效果

（11）新建一图层，绘制一些黑色的条（绘制矩形填充），调整图层不透明度。"图层"面板如图 11-69 所示。图像效果如图 11-70 所示。

图 11-69　"图层"面板　　　　　　　　　　　图 11-70　图像效果

（12）打开"文字"素材，按 Ctrl+A 组合键全选，按 Ctrl+C 组合键拷贝在剪贴板，按 Ctrl+V 组合键粘贴在"春之恋人物写真"文件中（注："索引"文件不能直接用移动工具复制，可以全选后用移动工具拖动到另一文件中）。图像效果如图 11-71 所示。

图 11-71　图像效果

（13）将文字图层"反相"变成白字黑背景，调整图层的混合模式和图层的不透明度，并将图像移动到合适的位置。将超出背景的文字擦除。"图层"面板如图 11-72 所示。图像效果如图 11-73 所示。

图 11-72　"图层"面板

图 11-73　图像效果

（14）打开"光晕"素材，用上述同样的方法拷贝过来放在"背景"图层之上其他图层之下。设置图层混合模式。缩小并旋转一定角度放到合适的位置。"图层"面板如图 11-74 所示。图像效果如图 11-75 所示。

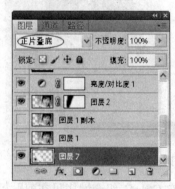

图 11-74　"图层"面板

图 11-75　图像效果

（15）打开"星星"素材将其拷贝进来（可下载笔刷自己绘制），然后"反相"，调整图层的混合模式。用套索工具选中一些星星,选择移动工具移动到合适的位置,也可按住 Alt 键,用移动工具拖动再复制一些(在不取消选区的情况下可以进行自由变换,缩放和旋转)。"图层"面板如图 11-76 所示。图像效果如图 11-77 所示。

图 11-76　"图层"面板

图 11-77　图像效果

(16)输入文字选择合适的字体和大小,得到最终效果图。如图 11-78 所示。

图 11-78　最终效果图

任务二　通道的应用

子任务 1　让图片颜色变魔术

1. 目的和要求
● 练习用通道混合器调整图像每个通道的颜色。

2. 完成思路
打开文件→转换图像模式为 CMYK→用通道混合器调整图像颜色。

3. 具体执行过程
(1)打开"风景"素材,按 Ctrl+ Shift+S 组合键将文件存储为格式为 PSD、名字为"让图片颜色变魔术"的文件。

(2)执行"图像"菜单→"模式"→"CMYK 颜色"命令,将图像的模式变成 CMYK 模式。

（3）单击"图层"面板下方的"创建新的填充或调整图层"按钮添加调整图层，在弹出的菜单中选择"通道混合器"选项。如图 11-79 所示。在弹出的"调整"面板中设置参数如图 11-80 所示。

图 11-79 "通道混合器"选项

图 11-80 参数设置

（4）单击"图层"面板下方的"创建新的填充或调整图层"按钮添加调整图层，在弹出的菜单中选择"曲线"选项，如图 11-81 所示。在"调整"面板中调整曲线（根据情况调整，达到自己认为理想的效果），如图 11-82 所示。图像效果如图 11-83 所示。

图 11-81 "图层"面板

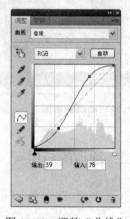

图 11-82 调整"曲线"

图 11-83 效果图

（5）可双击"图层"面板中的调整图层，打开"调整"窗口重新调整参数，可得到不同的效果。"调整"参数设置如图 11-84 所示。图像效果如图 11-85 所示。

子任务 2 利用通道抠超细发丝

1. 目的和要求
● 练习用通道抠图的方法。

2. 完成思路

打开文件→选择对比强烈的通道复制副本→用"曲线"命令将通道副本的对比度增大→载入选区。

图 11-84　重新调整参数

图 11-85　图像效果

3. 具体执行过程

（1）打开"人物"素材。在"通道"面板中分别激活各单色通道查看哪个通道中头发图像细节更明显。此文件中蓝色通道细节更多，故选蓝色通道。在"通道"面板中将蓝色通道拖到"创建新通道"按钮上复制，得到"蓝副本"通道。如图 11-86 所示。

图 11-86　复制得到"蓝副本"通道

（2）按 Ctrl+M 组合键打开"曲线"对话框，将曲线向下拖动使头发和背景的对比度增大。"曲线"面板如图 11-87 所示。图像效果如图 11-88 所示。

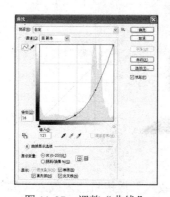

图 11-87　调整"曲线"

图 11-88　图像效果

（3）选择工具箱中的画笔工具，将前景色置为黑色，用左右方括号键调整画笔笔尖大小，把面部和身体部分全部涂黑。如图 11-89 所示。

图 11-89 图像效果

（4）按 Ctrl+M 组合键打开"曲线"对话框，用"在图像中取样以设置白场"吸管在图像背景中单击设置白场，使图像的对比度更强烈。"曲线"设置如图 11-90 所示。图像效果如图 11-91 所示。

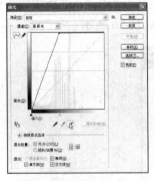

图 11-90 "曲线"设置

图 11-91 图像效果

（5）选择画笔工具，将前景色置为白色，把背景不够白的区域涂白。如图 11-92 所示。

图 11-92 图像效果

（6）单击"通道"面板下方的"将通道作为选区载入"按钮将选区载入（载入的是白色区域）。如图 11-93 所示。然后激活 RGB 通道。如图 11-94 所示。

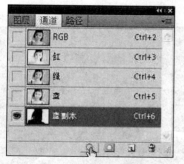

图 11-93　"将通道作为选区载入"按钮

图 11-94　激活 RGB 通道

（7）将"图层"面板激活，复制背景图层得到"背景副本"图层。按 Delete 键将选区中的图像删除。关闭"背景"图层查看"背景副本"图层的图像。如图 11-95 所示。

图 11-95　图像效果

（8）从图像上看到飞扬的发丝不见了。故下面需要抠发丝。复制"背景"图层得到"背景副本 2"。如图 11-96 所示。

（9）激活"通道"面板上的绿色通道（该通道上的发丝比较明显）。复制一个绿色通道副本。如图 11-97 所示。

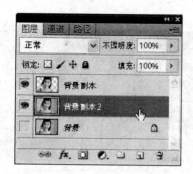

图 11-96　"图层"面板

图 11-97　"通道"面板

（10）按 Ctrl+M 组合键打开"曲线"对话框，用"在图像中取样以设置黑场"吸管在图像左面背景上单击设置黑场，使对比度更强烈。"曲线"设置如图 11-98 所示，图像效果如图 11-99 所示，此时可看到左面发丝比较清晰。

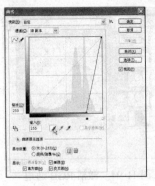

图 11-98 "曲线"设置

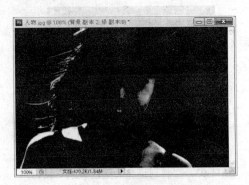

图 11-99 图像效果

（11）单击"通道"面板下方的"将通道作为选区载入"按钮将选区载入（载入的是白色区域，这里正好是需要的发丝区域）。"通道"面板如图 11-100 所示。

图 11-100 "通道"面板

（12）激活 RGB 通道。再将"图层"面板激活，按 Ctrl+Shift+I 组合键反选，按 Delete 键将"背景副本 2"选区中的图像删除。

（13）为能看清"背景副本 2"中的图像，打开"背景"素材，将其复制到"背景副本 2"图层之下。此时就可看清"背景副本 2"中的发丝。"图层"面板如图 11-101 所示。图像效果如图 11-102 所示。

图 11-101 "图层"面板

图 11-102 图像效果

（14）再复制"背景"得到"背景副本 3"图层，并将其置于最上层。如图 11-103 所示。

图 11-103　复制"背景"图层

（15）回到"通道"面板中，将"绿"通道拖到"创建新通道"按钮上，复制得到"绿副本 2"通道。按 Ctrl+M 组合键打开"曲线"对话框，用"在图像中取样以设置黑场"吸管在图像右面背景上单击设置黑场，使图像对比更强烈。"曲线"设置如图 11-104 所示。图像效果如图 11-105 所示。

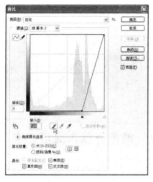

图 11-104　"曲线"设置

图 11-105　图像效果

（16）选择工具箱中的画笔工具 ，将前景色置为黑色，用左右方括号键调整画笔笔尖大小，将图像左面涂黑，只留右边发丝部分。如图 11-106 所示。

图 11-106　图像效果

（17）单击"通道"面板下方的"将通道作为选区载入"按钮将选区载入（载入的是白色区域）。

（18）激活 RGB 通道。再将"图层"面板激活，按 Ctrl+Shift+I 组合键反选，按 Delete键将"背景副本 3"选区中的图像删除得到右边的发丝。合并"背景副本"、"背景副本 2"和

"背景副本 3"得到所抠的图像，如图 11-107 所示。

图 11-107　图像效果

子任务 3　制作"运动"效果图

1. 目的和要求
- 练习用钢笔工具抠图。
- 练习"光照效果"和"风"滤镜的使用方法。
- 练习通道的使用方法。
- 练习将通道中的选区载入的方法。

2. 完成思路

打开文件→创建 Alpha→在通道里输入文字→用"风"滤镜→载入通道。

3. 具体执行过程

（1）将背景色置为黑色。新建一个各项参数如图 11-108 所示的文件。

图 11-108　"新建"对话框

　　（2）打开素材库中"运动"的图片，用钢笔工具将人物抠出复制到"运动"文件中。如图 11-109 所示。

　　（3）按 Ctrl+T 组合键执行自由变换命令。按住 Shift 键锁定长宽比将图像缩小；再按住 Ctrl 键拖动自由变换框左下角的控制点拉长，使人像有种向上冲的感觉。如图 11-110 所示。

　　（4）在"图层"面板中激活背景图层。执行"滤镜"菜单→"渲染"→"光照效果"命令，在弹出的"光照效果"对话框中设置灯光如图 11-111 所示。单击"好"按钮应用光照效果。图像效果如图 11-112 所示。

图 11-109　图像效果

图 11-110　图像效果

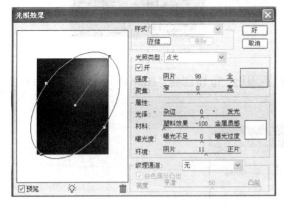

图 11-111　"光照效果"设置

图 11-112　图像效果

（5）在"图层"面板中单击"创建新的图层"按钮新建"图层 2"（在图层 1 之下）。选择工具箱中的椭圆选框工具 ◯。在属性栏中设置"羽化"值为 10 像素。在图像编辑区绘制如图 11-113 所示的选区。

（6）将前景色置为#B8B800 号颜色。按 Alt+Delete 组合键用前景色填充选区。按 Ctrl+D 组合键取消选区。如图 11-114 所示。

图 11-113　绘制椭圆选区

图 11-114　图像效果

（7）在工具箱中选择套锁工具 。在属性栏中输入"羽化"值为 5 像素。在图像编辑区绘制如图 11-115 所示的选区。将前景色置为黑色，为选区填充前景色。调整图层的不透明度到合适的数值。按 Ctrl+D 组合键取消选区。图像效果如图 11-116 所示。

图 11-115　绘制选区

图 11-116　图像效果

（8）调出"通道"面板。单击下端的"创建新通道"按钮创建"Alpha1"通道。如图 11-117 所示。

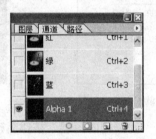

图 11-117　创建"Alpha1"通道

（9）选择工具箱中的文字工具 。在属性栏中设置字体和字号如图 11-118 所示。在图像编辑区输入如图 11-119 所示的文字。单击属性栏上的 退出对文字的编辑。

图 11-118　设置文字

（10）在"通道"面板中将"Alpha1"通道拖到"创建新通道"按钮上得到"Alpha1 副本"通道。执行"滤镜"菜单→"风格化"→"风"命令。在弹出的"风"对话框中选择各选项如图 11-120 所示。图像效果如图 11-121 所示。

（11）按住 Ctrl 键，在通道面板中单击"Alpha1"通道将其选区载入。执行"选择"菜单→"修改"→"扩展"命令。在弹出的"扩展选区"对话框中输入"扩展量"为 6 像素。单击"好"按钮将文字选区扩大。选区效果如图 11-122 所示。

（12）执行"选择"菜单→"载入选区"命令。在弹出的"载入选区"对话框中选择各选项如图 11-123 所示。单击"好"按钮，就会在原选区中减去"Alpha1 副本"通道中的选区。

图 11-119　图像效果

图 11-120　"风"滤镜

图 11-121　图像效果

图 11-122　选区效果

（13）新建"图层 3"，为选区填充白色。按 Ctrl+D 组合键取消选区。图像效果如图 11-124 所示。

图 11-123　载入选区

图 11-124　图像效果

（14）选择工具箱中的画笔工具。选择笔形为"尖角 3 像素"，将前景色置为白色，按住 Shift 键绘制几条横线，再点两个黄色点作为装饰。最终效果如图 11-125 所示。

图 11-125　最终效果图

实践任务

任务 1：制作艺术照

1. 要求

（1）利用快速蒙版和滤镜制作选区技术制作一张艺术照。

（2）素材自备。

（3）将文件保存为两种格式：PSD 和 jpg。

2. 目的

通过对任务的执行熟练掌握快速蒙版的使用方法。

任务 2：利用通道抠图

1. 要求

（1）将"利用通道抠图"文件夹中的素材人物（如图 11-126 所示）抠出换背景。

（2）将文件保存为两种格式：PSD 和 jpg。

图 11-126　图像效果

2. 目的

通过对作品的制作熟练掌握用通道抠图的方法。

任务 3：利用通道调整偏色照片

1. 要求

（1）将"利用通道调整偏色照片"文件夹中的素材人物照片调整颜色，如图 11-127 所示。

（2）将文件保存为两种格式：PSD 和 jpg。

图 11-127　图像效果

2. 目的

通过对作品的操作熟练掌握用通道调整偏色照片的方法。

模块十二　千变万化的滤镜的应用

任务导读:

本模块是关于滤镜方面应用的任务模块。通过对该模块任务的执行,掌握常用滤镜的使用方法及应用。

基本技能:

● 各种内置滤镜

任务一　给人像减肥

1. 目的和要求
● 学会使用"液化"滤镜。
2. 完成思路
打开文件→用"液化"滤镜里的工具调整图像。
3. 具体执行过程
(1)打开"人像"素材。将文件另存为"减肥效果图.PSD"。
(2)执行"滤镜"菜单→"液化"命令,打开"液化"对话框。选择"向前变形工具"将笔尖调整大点,从人像外部向里推,修人像的轮廓。如图 12-1 所示。

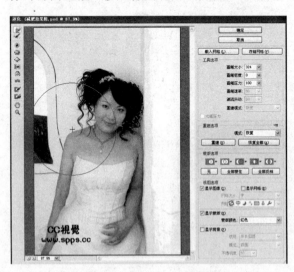

图 12-1　"液化"对话框

(3)再在内部推不合适的地方(如果需要也可选择"皱褶工具",在人像的内部点击将图像往里收缩)。最终效果图如图 12-2 所示。

图 12-2 最终效果图

任务二 制作插图效果

1. 目的和要求
● 练习"图章"滤镜的使用方法。
2. 完成思路
打开文件→用"图章"滤镜处理人物图像。
3. 具体执行过程
（1）新建一个各项参数如图 12-3 所示的文件。

图 12-3 "新建"对话框

（2）设置前景色为 0093dd，按 Alt+Delete 组合键填充前景色。打开"人物"素材，用移动工具拖到"插图效果"文件中并调整到合适的大小。如图 12-4 所示。

（3）按 D 键恢复默认的前景黑色、背景白色。执行"滤镜"菜单→"素描"→"图章"命令，打开"图章"对话框，设置"明/暗平衡"为 33，"平滑度"为最小值 1。"图章"设置和图像效果如图 12-5 和图 12-6 所示。

（4）选择工具箱中的魔棒工具，在属性栏上将"连续"的勾选去掉。将白色背景选中，按 Delete 键删除，再按 Ctrl+D 组合键取消选区。用移动工具将人像移到合适的位置。如图 12-7 所示。

图 12-4 复制"人物"素材并缩小

图 12-5 "图章"设置

图 12-6 图像效果

（5）用橡皮擦工具将图像下面的文字擦除。如图 12-8 所示。

图 12-7 图像效果

图 12-8 擦除文字

（6）将前景色设置为白色。选择工具箱中的横排文字工具 T，执行"窗口"菜单→"字符"命令，打开"字符"面板，设置字体和大小。输入"EVERYTHING"后，选中第一个字母，将其大小设置为 124 点。如图 12-9 所示。按 Ctrl+Enter 组合键退出对文字的编辑。图像效果如图 12-10 所示。

图 12-9　"字符"设置

图 12-10　图像效果

（7）再选择直排文字工具 T，设置字体和大小如图 12-11 所示。输入"ON MY LIFE EVERYTHING IS SO BEST"。最终效果图如图 12-12 所示。

图 12-11　"字符"设置

图 12-12　最终效果图

任务三　木质像框

1. 目的和要求
- 练习杂色滤镜的使用方法。
- 练习模糊滤镜的使用方法。

2. 完成思路

打开文件→新建图层→填充颜色后添加杂色→使用"风"滤镜→将中间的图像删除后添

加"斜面与浮雕"特效。

3．具体执行过程

（1）打开素材库中的"木质像框"的"人像"图片。按 Ctrl+A 组合键全选，按 Ctrl+C 组合键拷贝在剪贴板上。

（2）按 Ctrl+N 组合键打开"新建"对话框，将名称改为"木质像框"，其余设置默认。单击"好"按钮新建文件。如图 12-13 所示。

（3）按 Ctrl+V 组合键将剪贴板上图片粘贴在新文件中。

（4）按 F7 组合键调出"图层"面板。单击其下端的"创建新的图层"按钮 🔲 新建"图层 2"。

（5）执行"图像"菜单→"画布大小"命令，在弹出的对话框中设置各参数如图 12-14 所示。

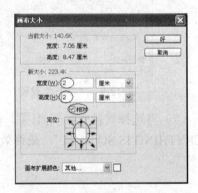

图 12-13　"新建"对话框　　　　　　　　图 12-14　"画布大小"设置

（6）选择工具箱中的矩形选框工具 🔲。在图像编辑区绘制一稍小于人像的矩形选区。如图 12-15 所示。

（7）按 Ctrl+Shift+I 组合键反选选区。设置前景色的 RGB 值为 123、75、32。按 Alt+Delete 组合键为选区填充前景色。如图 12-16 所示。

图 12-15　绘制选区　　　　　　　　图 12-16　填充前景色

（8）执行"滤镜"菜单→"杂色"→"添加杂色"命令，在弹出的对话框中设置参数如图 12-17 所示。

（9）单击"好"按钮应用"添加杂色"滤镜。图像效果如图 12-18 所示。

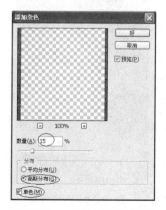

图 12-17　"添加杂色"设置

图 12-18　图像效果

（10）执行"滤镜"菜单→"模糊"→"动感模糊"命令，设置参数如图 12-19 所示。

（11）给图层 2 添加"斜面与浮雕"图层样式，各参数值按默认。最终效果图如图 12-20 所示。

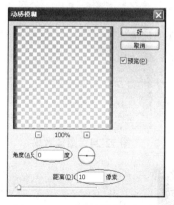

图 12-19　"动感模糊"设置

图 12-20　最终效果图

任务四　与众不同的婚纱照

1. 目的和要求

● 通过对该任务的执行熟练掌握所用的几种滤镜的使用方法。

2. 具体执行过程

（1）打开"人物"素材，复制背景图层，执行"滤镜"菜单→"模糊"→"动感模糊"命令。"动感模糊"设置如图 12-21 所示。图像效果如图 12-22 所示。

（2）再执行"滤镜"→"像素化"→"马赛克"命令。参数设置如图 12-23 所示。图像效果如图 12-24 所示。

（3）再执行"滤镜"→"画笔描边"→"墨水轮廓"命令，设置参数分别为 1、20、10。图像效果如图 12-25 所示。

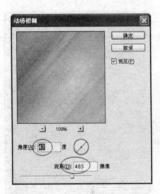

图 12-21 "动感模糊"面板

图 12-22 图像效果

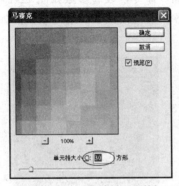

图 12-23 "马赛克"面板

图 12-24 图像效果

图 12-25 图像效果

（4）按 Ctrl+U 组合键打开"色相/饱和度"对话框，根据爱好调整图像的颜色。在这里参数设置如图 12-26 所示。图像效果如图 12-27 所示。

（5）若觉得图像偏暗，可以用"曲线"调整一下。"曲线"设置如图 12-28 所示。图像效果如图 12-29 所示。

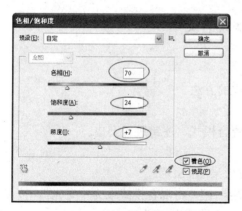

图 12-26 "色相/饱和度"设置

图 12-27 图像效果

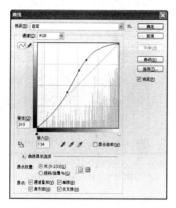

图 12-28 调整"曲线"

图 12-29 图像效果

（6）将图层混合模式设置为"正片叠底"。再添加图层蒙版，选择画笔工具，将前景色设置为黑色，在人像的区域涂抹使下层人像显示出来，"图层"面板如图 12-30 所示。最终效果图如图 12-31 所示。

图 12-30 "图层"面板

图 12-31 图像效果

<h1 style="text-align:center">任务五　用滤镜磨皮</h1>

1. 目的和要求
- 通过对该任务的执行熟练掌握用滤镜磨皮的方法。

2. 完成思路

打开素材图片→复制图层→通过反相、图层混合模式、滤镜进行磨皮。

3. 具体执行过程

（1）打开"人像"素材，将其存储为"磨皮效果图.PSD"。

（2）按 Ctrl+J 组合键复制背景图层得到"图层 1"。将混合模式设为"亮光"。按 Ctrl+I 组合键对图像反相。"图层"面板如图 12-32 所示。图像效果如图 12-33 所示。

图 12-32　"图层"面板

图 12-33　图像效果

（3）执行"滤镜"菜单→"模糊"→"高斯模糊"命令，对一个反相的图片应用高斯模糊滤镜会使它看起来更加锐利。调整半径值，直到能够看见脸上的斑点。参数设置如图 12-34 所示。图像效果如图 12-35 所示。

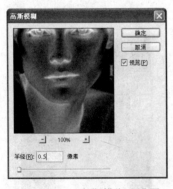

图 12-34　"高斯模糊"设置

图 12-35　图像效果

（4）下面就是最关键的一步——让皮肤变得光滑无痕。执行"滤镜"菜单→"其他"→"高反差保留"命令，调整参数直到得到你想要的无痕光滑的皮肤（值不要太大，否则皮肤会太虚假）。参数设置如图 12-36 所示。图像效果如图 12-37 所示。

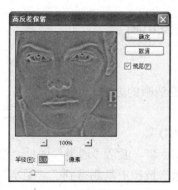

图 12-36　"高反差保留"设置

图 12-37　图像效果

（5）添加图层蒙版，首先为其填充黑色。然后将前景色设置为白色，用画笔在图层蒙版上皮肤的地方仔细涂抹（注意不要涂到轮廓），然后你就会看到细腻光滑无痕的皮肤了。"图层"面板如图 12-38 所示。图像效果如图 12-39 所示。

图 12-38　"图层"面板

图 12-39　图像效果

（6）按 Ctrl+Alt+Shift+E 组合键盖印图层得到"图层 2"，调整图层的混合模式和不透明度，你会发现皮肤更加白皙透亮了。"图层"面板如图 12-40 所示。图像效果如图 12-41 所示。

图 12-40　"图层"面板

图 12-41　最终效果图

任务六　将模糊照片变清晰

1. 目的和要求
● 　通过对该任务的执行学会用滤镜将模糊图像变清晰的方法。
2. 具体执行过程
（1）打开"人像"素材，将其存储为"效果图.PSD"。
（2）按 Ctrl+J 组合键复制"背景"图层得到"图层 1"。激活"通道"面板，选择细节比较多的"红"通道，将其拖到面板下面的"创建新通道"按钮上复制得到"红副本"通道。如图 12-42 所示。

图 12-42　复制"红"通道

（3）下面对"红副本"通道进行调整。执行"滤镜"菜单→"风格化"→"照亮边缘"命令，使图像的边缘高亮度显示。参数设置如图 12-43 所示。

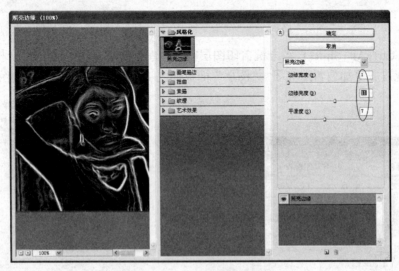

图 12-43　"照亮边缘"设置

（4）再执行"滤镜"菜单→"模糊"→"高斯模糊"命令，使图像能得到比较平滑的锐化边缘。如图 12-44 所示。

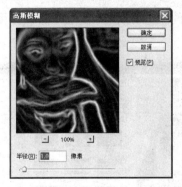

图 12-44　"高斯模糊"设置

（5）按 Ctrl+L 组合键调出"色阶"对话框调整图像的对比度使黑白更加分明。"色阶"设置如图 12-45 所示。图像效果如图 12-46 所示。

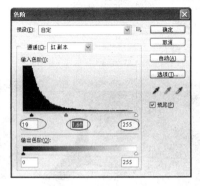

图 12-45　"色阶"设置

图 12-46　图像效果

（6）将前景色设置为黑色。选择画笔工具，选择合适的笔尖，将不需要锐化的人物背景加以涂抹。如图 12-47 所示。

图 12-47　涂抹背景

（7）按住 Ctrl 键单击"红副本"通道将其选区载入。激活"图层"面板，将"图层 1"激活。执行"滤镜"菜单→"艺术效果"→"绘画涂抹"命令，使选区中的图像能被锐化。设置合适的参数使图像看起来清晰。参数设置如图 12-48 所示。

（8）取消选区后可以看到图像已经变清晰了。但衣服的领口和袖子边缘锐化程度太大，故添加图层蒙版，将前景色置为黑色，选择画笔工具，调整属性栏上的不透明度使其数值小点，在不需要锐化程度太大的地方涂抹。"图层"面板如图 12-49 所示。最终效果图如图 12-50 所示。

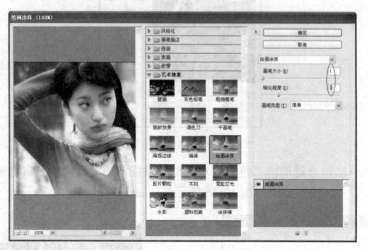

图 12-48　"绘画涂抹"设置

图 12-49　"图层"面板

图 12-50　图像效果

任务七　巧克力广告

1. 目的和要求

● 练习使用滤镜的方法。

● 练习调整图像的方法。

● 练习使用文字工具的方法。

● 练习给文字加图层样式的方法。

2. 完成思路

新建文件→用"镜头光晕"、"波浪"、"铬黄"、"旋转扭曲"等滤镜制作巧克力效果→制作文字。

3. 具体执行过程

（1）新建一个各项参数如图 12-51 所示的名为"巧克力广告"的文件。

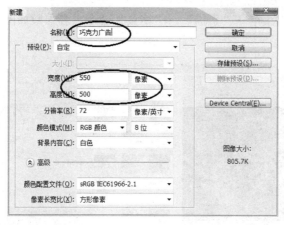

图 12-51　"新建"对话框

（2）按 D 键恢复默认的前景黑色，背景白色。按 Alt+Delete 组合键填充前景色。

（3）执行"滤镜"菜单→"渲染"→"镜头光晕"命令，各参数设置如图 12-52 所示。图像效果如图 12-53 所示。

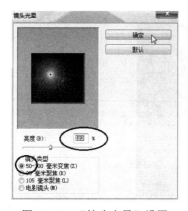

图 12-52　"镜头光晕"设置

图 12-53　图像效果

（4）执行"滤镜"菜单→"扭曲"→"波浪"命令，设置各参数如图 12-54 所示。图像效果如图 12-55 所示。

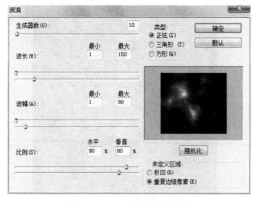

图 12-54　"波浪"设置

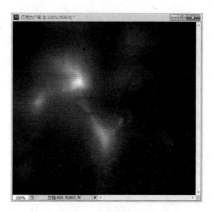

图 12-55　图像效果

（5）执行"滤镜"菜单→"素描"→"铬黄"命令，各参数如图 12-56 所示。细节：0，平滑度：10。

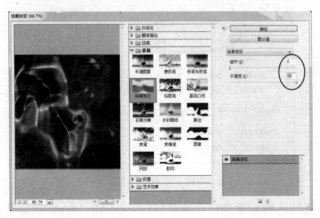

图 12-56 "铬黄渐变"设置

（6）图像效果如图 12-57 所示。

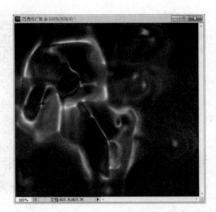

图 12-57 图像效果

（7）执行"滤镜"菜单→"扭曲"→"旋转扭曲"命令，各参数设置如图 12-58 所示。图像效果如图 12-59 所示。

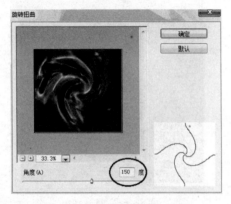

图 12-58 "旋转扭曲"设置

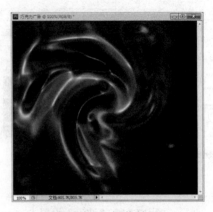

图 12-59 图像效果

（8）执行"图像"菜单→"调整"→"色彩平衡"命令。参数设置如图 12-60 所示。图像效果如图 12-61 所示。

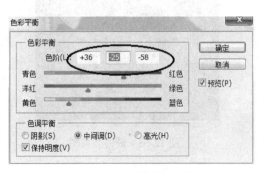

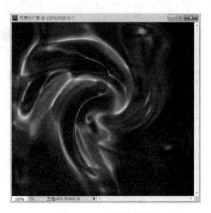

图 12-60　"色彩平衡"设置　　　　　　　图 12-61　图像效果

（9）选择文字工具 T，在属性栏上设置字号为 72，颜色 R:56，G:25，B:14，选一种圆滑的字体，输入文字：chocolate。如图 12-62 所示。

（10）按 Ctrl+T 组合键对文字进行自由变换，将文字调整到合适的大小后，双击变换。如图 12-63 所示。

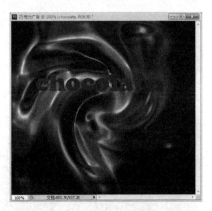

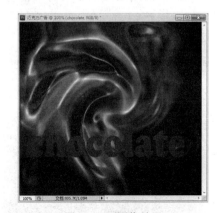

图 12-62　图像效果　　　　　　　　　　图 12-63　图像效果

（11）为文字图层添加"投影"和"斜面和浮雕"图层样式。参数设置如图 12-64 所示。

（12）最终效果如图 12-65 所示。

（13）按 Ctrl+S 组合键保存图像文件。

实践任务

任务 1：用滤镜磨皮

1．要求

（1）找张自己的照片用滤镜磨皮。

（2）要求存储格式为 PSD。

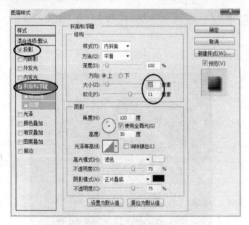

图 12-64 "图层样式"设置

图 12-65 最终效果图

2. 目的

练习用滤镜磨皮的方法。

任务 2：制作"拼贴"效果

1. 要求

（1）将素材库中"图像拼贴效果"的"图片"（如图 12-66 所示）使用"拼贴"滤镜制作网格效果，然后用油漆桶工具为网格缝隙中填充一种图案，产生图像拼贴效果。如图 12-67 所示。

（2）要求存储格式为 PSD 格式。

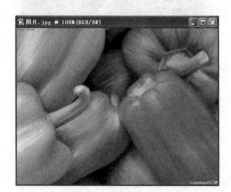

图 12-66 素材

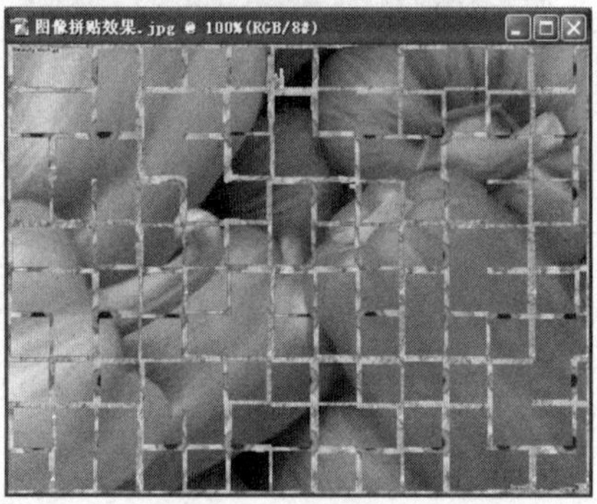

图 12-67 图像效果

2. 实验目的

（1）练习"拼贴"滤镜的使用方法。

（2）练习用油漆桶工具填充图案的方法。

任务 3：将模糊照片变清晰

1. 要求

（1）自己找张模糊照片将其处理清晰。

（2）存储文件。要求存储格式为 PSD。

2. 目的

练习用滤镜将模糊照片变清晰的方法。

综合素质篇

任务导读：

本篇是关于 Photoshop 软件的综合技能应用篇。通过对本篇任务的执行，学会综合应用软件功能设计制作作品。

任务一　制作"胶原蛋白"广告

1. 目的和要求
- 通过对该任务的执行熟练掌握为选区描边的方法。
- 熟练掌握将选区转换为路径的方法。
- 熟练掌握为路径描边的方法。
- 熟练掌握文字工具的使用方法。
2. 具体执行过程

（1）按 Ctrl+N 组合键新建一文件。各项参数设置如图 1 所示。

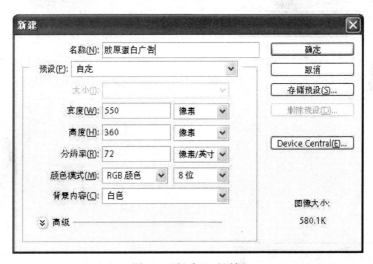

图 1　"新建"对话框

（2）打开"素材 1"，选择工具箱中的套索工具 ，在属性栏上输入"羽化"为 20px。在素材 1 中将人像选中，如图 2 所示。用移动工具拖动选区中的图像到"胶原蛋白广告"文件中并放到合适的位置。如图 3 所示。

（3）打开"素材 2"。在工具箱中选择矩形选框工具 ，在属性栏上设置参数如图 4 所示。框选人脸上部分的图像。如图 5 所示。

（4）用移动工具将选区中的图像复制到"胶原蛋白广告"文件中。如图 6 所示。

图 2　选择人像

图 3　复制人像

图 4　设置属性栏参数

图 5　框选上半部分人脸

图 6　复制选区中的图像

（5）按 Ctrl+T 组合键对图像进行自由变换。在属性栏中设置缩放的百分值如图 7 所示。再执行"编辑"菜单→"变换"→"水平翻转"命令将图像水平翻转。按 Enter 键应用自由变换。效果如图 8 所示。

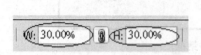
图 7　设置缩放百分值

图 8　翻转图像

（6）为该图层添加"描边"图层样式。宽度为 1px，颜色为黑色。如图 9 所示。

（7）切换回"素材 2"。选择工具箱中的矩形选框工具，在图像中拖出如图 10 所示的正方形选区，用移动工具将选区中的图像拖到文件"胶原蛋白广告"中。如图 11 所示。

（8）按 Ctrl+T 组合键对图像进行自由变换。在属性栏中设置缩放的百分值如图 12 所示。按 Enter 键应用自由变换。将图像移动到如图 13 所示的位置。

图 9　为图像描边

图 10　选择人像下半部分

图 11　复制选区中图像

图 12　设置缩放百分值

图 13　图像效果

（9）为其添加宽度为 1px，颜色为黑色的"描边"图层样式。如图 14 所示。

图 14　添加"描边"样式

（10）按 Ctrl+Alt+Shift+N 组合键新建"图层 4"。选择工具箱中的矩形选框工具，按住

Shift 键在图像中绘制如图 15 所示的正方形选区，给选区中填充黑色，按 Ctrl+D 组合键取消选区。图像效果如图 16 所示。

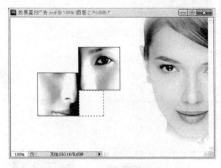

图 15　绘制正方形选区

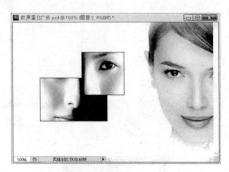

图 16　填充黑色

（11）选择移动工具，在按住 Alt 键的同时按住左键拖动黑色方块复制到如图 17 所示的位置后放开左键。

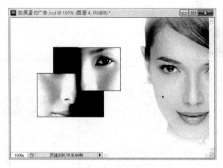

图 17　图像效果

（12）将前景色设置为白色。选择横排文字工具 T，在属性栏中设置文字字体和大小。如图 18 所示。

图 18　设置文字

（13）输入"补水润白"后按 Ctrl+Enter 组合键退出对文字的编辑。如图 19 所示。

图 19　输入文字

（14）再在上面的黑色方块上单击，输入文字"淡化色素"，按 Ctrl+Enter 组合键退出对文字的编辑。如图 20 所示。

（15）按 Ctrl+Alt+Shift+N 组合键新建"图层 5"。将前景色置为黑色。选择工具箱中的铅笔工具，设置笔尖大小为 1px，在"图层 5"中绘制"⌐"形，效果如图 21 所示。

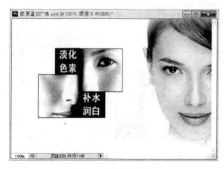

图 20　输入文字

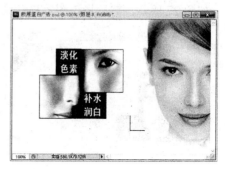

图 21　绘制"⌐"形

（16）选择工具箱中的椭圆工具，单击属性栏上"路径"按钮。如图 22 所示。按住 Shift+Alt 组合键从"⌐"形顶点绘制圆形路径。如图 23 所示。

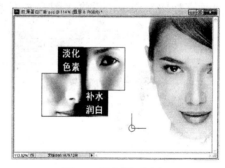

图 23　绘制圆形路径

图 22　"路径"按钮

（17）在工具箱中激活铅笔工具，选择尖角、大小为 1px 的笔尖。激活"路径"面板，单击"路径"面板下方的"用画笔描边路径"按钮为路径描边（注：在这里不要选用为选区描边的方法，因所描出的边锯齿边缘很清晰）。如图 24 所示。

（18）按 Ctrl+T 组合键对路径进行自由变换。在属性栏中设置缩放的百分比值为 160%。如图 25 所示。

图 24　"用画笔描边路径"按钮

图 25　设置缩放百分比

（19）按 Enter 键应用对路径的自由变换。单击"路径"面板下方的"用画笔描边路径"按钮为路径描边。如图 26 所示。

（20）再按 Ctrl+T 组合键对路径进行自由变换。在属性栏中设置缩放的百分比值为 150%，按 Enter 键应用对路径的自由变换。单击"路径"面板下方的"用画笔描边路径"按钮为路径描边。如图 27 所示。然后将该图像移动到如图 28 所示的位置。

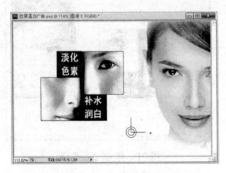
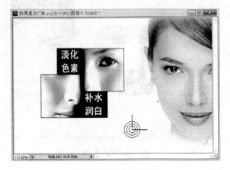

图 26　为路径描边　　　　　　　　　　图 27　为路径描边

（21）按 Ctrl+J 组合键复制"图层 5"。执行"编辑"菜单→"变换"→"水平翻转"命令和"垂直翻转"命令，再将"图层 5 副本"的图像移动到如图 29 所示的位置。

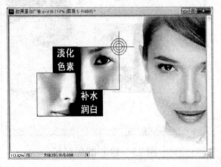
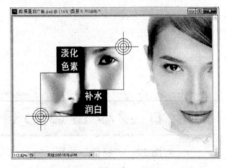

图 28　移动图像　　　　　　　　　图 29　复制"图层 5"并移动位置

（22）选择工具箱中的圆角矩形工具，单击属性栏上"形状图层"按钮，并设置"半径"为 5px。如图 30 所示。将前景色置为 ba0527，在图像中绘制圆角矩形如图 31 所示。

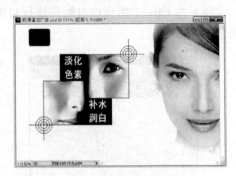

图 30　设置属性栏　　　　　　　　　图 31　绘制圆角矩形

（23）添加"投影"图层样式，颜色选择 590932。如图 32 所示。

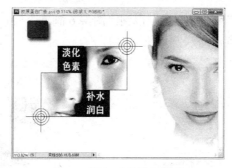

图 32 添加"投影"样式

（24）将前景色置为白色。选择横排文字工具 T，在属性栏中设置文字字体和大小如图 33 所示。输入英文"Lumi"，按 Ctrl+Enter 组合键退出对文字的编辑。图像效果如图 34 所示。

图 33 设置文字

图 34 输入文字

（25）将前景色设置为白色。新建"图层 6"。选择工具箱中的铅笔工具，设置笔尖大小为 2px，绘制"『"形，然后执行"编辑"菜单→"描边"命令为该图像描 1px 的边，颜色设置为 bf0755。单击"确定"按钮后得到如图 35 所示的效果。

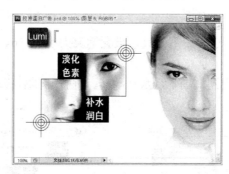

图 35 绘制"『"形并描边

（26）将前景色置为 bf0755。选择文字工具，在属性栏上设置参数如图 36 所示。

图 36 设置文字

（27）输入"360°美肌"，如图 37 所示。

（28）再复制"图层 6"的"『"形，得到"图层 6 副本"。将其水平翻转、垂直翻转，然后移动到如图 38 所示的位置。

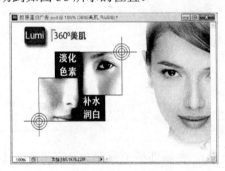
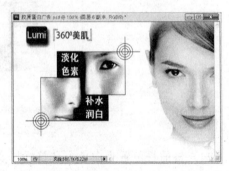

图 37　输入文字　　　　　　　　　　　　　　图 38　复制"『"形并翻转

（29）再选择文字工具，字体为"Adobe　黑体　Std"，大小设置为"26 点"。输入文字"水润弹滑"，按 Ctrl+Enter 组合键退出对文字的编辑。如图 39 所示。

（30）设置字体为"黑体"，大小为"48 点"。输入文字"胶原蛋白"，按 Ctrl+Enter 组合键退出对文字的编辑。如图 40 所示。

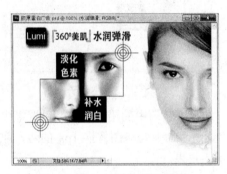

图 39　输入文字"水润弹滑"　　　　　　　　图 40　输入文字"胶原蛋白"

（31）新建"图层 7"。选择铅笔工具，设置笔尖大小为 3px，在"胶原蛋白"的左上角绘制"「"形。如图 41 所示。

（32）复制"图层 7"得到其副本，水平翻转、垂直翻转后移动其位置到"胶原蛋白"的右下角。如图 42 所示。

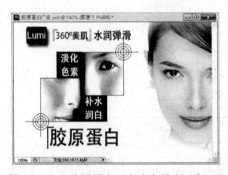
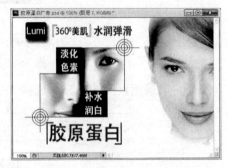

图 41　在"胶原蛋白"左上角绘制"「"形　　　图 42　复制"「"形并翻转

（33）将前景色设置为 757575。选择文字工具，设置字体和字号如图 43 所示。

图 43 设置文字

（34）输入文字"360°美肌的革命!"，按 Ctrl+Enter 组合键退出对文字的编辑。效果图如图 44 所示。

（35）新建"图层 8"。按 Ctrl+A 组合键全选。如图 45 所示。

图 44 输入文字"360°美肌的革命!"

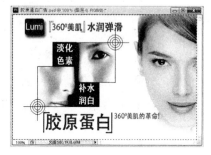

图 45 全选图像

（36）执行"编辑"菜单→"描边"命令，打开"描边"对话框，如图 46 所示。设置颜色为 bf0755，描边后按 Ctrl+D 组合键取消选区得到最终效果图，如图 47 所示。

图 46 "描边"设置

图 47 最终效果图

任务二 Photoshop 书籍封面设计

1. 目的和要求
- 练习合理布局。
- 练习参考线的使用方法。
- 练习文字工具的使用方法。
- 练习自由变换的斜切方法。

2. 完成思路

制作封面→制作侧面→制作立体效果。

3. 具体执行过程

（1）新建一个各项参数如图 48 所示的文件。

（2）按 Ctrl+R 组合键调出标尺，拖出三条纵向参考线和四条横向参考线。选择工具箱中

的矩形选框工具 ，在文件中绘制出如图 49 所示的矩形选区。新建"图层 1"。将前景色置为黑色，按 Alt+Delete 组合键给选区填充。按 Ctrl+D 组合键取消选区。如图 50 所示。

图 48 "新建"对话框

图 49 拖出参考线并绘制选区

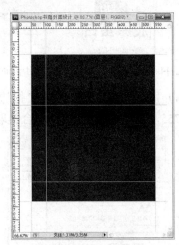

图 50 填充选区

（3）打开"人像"素材，用移动工具将其复制到"Photoshop 书籍封面设计"文件中。如图 51 所示。按 Ctrl+T 组合键对图像进行自由变换。按住 Shift 键将光标放在角点上向内拖动缩小图像，同时调整图像的位置，使其上边界和左右两边正好与参考线对齐。如图 52 所示。

图 51 复制"人像"图片

图 52 缩小图像并移动位置

（4）按 Enter 键应用自由变换。选择矩形选框工具 ，绘制出和参考线框住的区域大小相同的选区。如图 53 所示。按 Ctrl+Shift+I 组合键反选，将多余的图像用 Delete 键删掉。按 Ctrl+D 组合键取消选区。如图 54 所示。

图 53　绘制选区

图 54　删除多余图像

（5）将前景色设置为 cdf44b。选择工具箱中的横排文字工具 ，单击属性栏右边的"切换字符和段落面板"按钮 ，在打开的"字符"面板中设置字体和大小。如图 55 所示。输入"Photoshop"。按 Ctrl+Enter 组合键退出对文字的编辑。如图 56 所示。

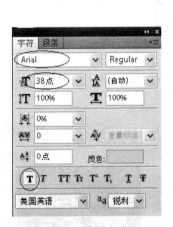

图 55　设置文字

图 56　输入"Photoshop"

（6）再在"字符"面板中设置字体、大小和颜色（为白色）如图 57 所示。输入文字"数码影像馆"。如图 58 所示。

（7）选中"影像"两个字将字体大小设置为 48 号。按 Ctrl+Enter 组合键退出对文字的编辑。如图 59 所示。

（8）在"字符"面板中设置字体、大小和颜色（为白色）如图 60 所示。输入文字"数码照片处理典型实例"。如图 61 所示。按 Ctrl+Enter 组合键退出对文字的编辑。

图 57　设置文字

图 58　输入"数码影像馆"

图 59　放大"影像"两字

图 60　设置文字

图 61　输入文字

（9）在"数码照片处理典型实例"文字图层下新建"图层 3"。如图 62 所示。选择工具箱中的矩形选框工具，绘制如图 63 所示的选区（能将文字框住）。

图 62　新建"图层 3"

图 63　绘制选区

（10）将前景色设置为 ff2c7b。用前景色填充（不要取消选区）。如图 64 所示。选择移动工具，按 Ctrl+Alt 组合键（注：按 Alt 键是为复制图形，按 Ctrl 键是为微调位置），将光标放在小矩形上拖动到"码"字下面放开左键，完成了对小矩形的一次复制。如图 65 所示。

图 64　给选区填充

图 65　复制选区中图像

（11）用上述同样的方法继续复制 8 个小矩形。按 Ctrl+D 组合键取消选区。如图 66 所示。

（12）将前景色置为白色。选择工具箱中的横排文字工具，单击属性栏右边的"切换字符和段落面板"按钮，在打开的"字符"面板中设置字体、大小和颜色（白色），如图 67 所示。输入"×××　主编"。按 Ctrl+Enter 组合键退出对文字的编辑。如图 68 所示。

（13）打开"商标"素材，用移动工具复制到"Photoshop 书籍封面设计"文件中。调整其大小并放到合适的位置。如图 69 所示。

图 66　复制小矩形图像

图 67　设置字符

图 68　输入"×××　主编"

图 69　复制商标

（14）在"字符"面板中设置字体和大小如图 70 所示。设置文字颜色为白色。输入"Photoshop CS5"。再选择合适的字体和大小，分别输入其余文字。如图 71 所示。

图 70　设置文字

图 71　输入文字

（15）按 Ctrl+S 组合键保存文件。

（16）在"图层"面板上将"背景"图层的眼睛关闭。如图 72 所示。按 Ctrl+Shift+E 组合键合并所有可见图层。再打开"背景"图层。如图 73 所示。

图 72　关闭"背景"图层

图 73　合并可见层并打开"背景"层

（17）选择工具箱中的矩形选框工具，在文件中绘制出如图 74 所示的矩形选区。按 Ctrl+T 组合键对选区中的图像进行自由变换。按住 Ctrl 键，用光标拖动角点得到如图 75 所示效果。按 Enter 键应用自由变换。按 Ctrl+D 组合键取消选区。

图 74　绘制选区

图 75　变换选区中图像

（18）再绘制如图 76 所示的选区。按 Ctrl+T 组合键对选区中的图像进行自由变换。按住 Ctrl 键，用光标拖动角点得到如图 77 所示的效果。按 Enter 键应用自由变换。按 Ctrl+D 组合键取消选区。

（19）选择多边形套索工具，绘制如图 78 所示的选区。填充浅灰色（颜色为 b0b2b1）。为选区描 1 像素的白边。如图 79 所示。

（20）在不取消选区的情况下，选择矩形选框工具，按 Ctrl+Alt+Shift 组合键绘制矩形选区与原选区相交得到如图 80 所示的选区。用较深的灰色填充，取消选区。如图 81 所示。

图 76　绘制选区

图 77　变换选区中的图像

图 78　绘制选区

图 79　填充浅灰色

图 80　绘制选区

图 81　填充深灰色

（21）按 Ctrl+R 组合键隐藏标尺，按 Ctrl+；组合键隐藏参考线。

（22）按 Ctrl+Shift+S 组合键将文件另存为"Photoshop 书籍封面设计（立体）"。

（23）激活"背景"图层。选择工具箱中的渐变工具，设置渐变色为黑色、1388d6、黑色，如图 82 所示。给"背景"图层填充渐变色。如图 83 所示。

图 82　设置渐变色

图 83　填充渐变色

（24）缩小书封面图像，调整其位置，使其整体布局合理。如图 84 所示。

（25）打开"花"素材，将其中的花复制到"Photoshop 书籍封面设计"中两个，翻转，调整大小，合并花的两个图层。添加图层蒙版并填充渐变色，使花向下渐隐。如图 85 所示。最终效果如图 86 所示。另存为"Photoshop 书籍封面设计立体图像"。

图 84　调整图像大小和位置

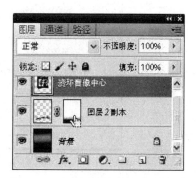

图 85　添加图层蒙版并填充渐变色

图 86　最终效果图

任务三　制作月历

1. 目的和要求
- 通过对该任务的执行学会模糊滤镜、渲染滤镜的使用。
- 学会对区域色彩渐变效果的制作。
- 学会用色阶和色相/饱和度命令调节图像色彩的方法。
- 学会混合类笔刷的使用方法。

2. 具体执行过程

（1）新建一个如图 87 所示的文件。

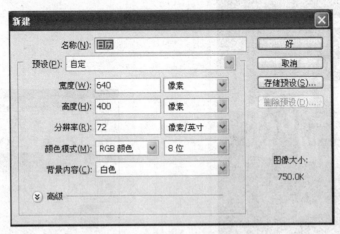

图 87　"新建"对话框

（2）将前景色设置为 RGB 值 180、220、250 的浅蓝色（可设置自己喜欢的颜色）。

（3）在"图层"面板中新建"图层 1"。执行"滤镜"菜单→"渲染"→"云彩"命令，"图层 1"被添加蓝白云彩图像。如图 88 所示。

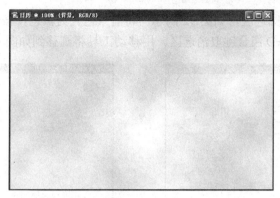

图88 添加"云彩"滤镜

（4）执行"滤镜"菜单→"模糊"→"高斯模糊"命令，设定模糊半径为 4.0 像素，单击"好"按钮，使云彩效果更加朦胧自然。

（5）为"图层 1"添加图层蒙版。在工具箱中选择渐变工具 ，将渐变色设置为从"前景到背景"，填充方式为"线性渐变"。在图像编辑区从左向右水平拖动光标为蒙版图层填充渐变色。如图 89 所示。在"图层"面板中单击"图层 1"的小图标将"图层 1"激活。如图 90 所示。

图89 为蒙版填充渐变色

图90 激活"图层 1"小图标

（6）执行"图像"菜单→"调整"→"色阶"命令（或按 Ctrl+L 组合键），打开"色阶"对话框，设定输入色阶的参数为 0、0.66、255，单击"好"按钮使图像中的云彩效果更好。如图 91 所示。

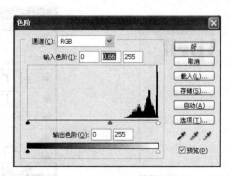

图91 调整"色阶"

（7）在"图层"面板中新建"图层 2"。选择工具箱中的椭圆选框工具 ，按住 Shift 键，在图像编辑区绘制一正圆选区，如图 92 所示。将前景色置为黑色，按 Alt+Delete 组合键用前景色填充选区。按 Ctrl+D 组合键取消选区。用移动工具将圆移到如图 93 所示的位置。

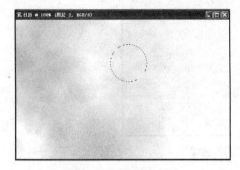
图 92　绘制正圆选区

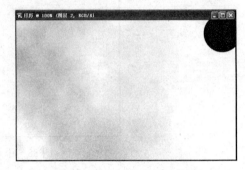
图 93　填充黑色并移动位置

（8）在"图层"面板中调整"图层 2"的不透明度为 20%。

（9）选择工具箱中的文字工具 **T.**。在属性栏中设置字体和字号如图 94 所示。将前景色置为白色，在图像编辑区输入"4"，并移动到圆图像的上面叠放，如图 95 所示。按 Ctrl+Enter 组合键退出对文字的编辑。

图 94　设置文字

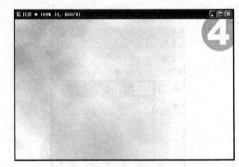
图 95　效果图

（10）再将前景色置为黑色。选择文字工具，选择合适的字体和字号，在图层编辑区输入"April"，如图 96 所示。单击属性栏上的 ✔ 退出对文字的编辑。在"图层"面板中调整不透明度为 50%。如图 97 所示。

图 96　输入"April"

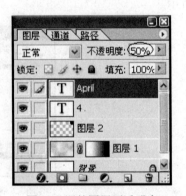
图 97　调整图层不透明度

（11）再选择文字工具，在图像编辑区输入"April"，选择合适的字体和字号，单击属性栏上的 ✔ 退出对文字的编辑。如图 98 所示。

图 98　输入"April"

（12）打开素材库中"月历"的人物素材。选择工具箱中的套锁工具 ，在属性栏中设置"羽化"值为"30"，选择所需的图像。如图 99 所示。用移动工具，将光标放在选区中拖动图像到"月历"文件中。按 Ctrl+T 组合键执行自由变换命令，将图像缩小后移动到合适的位置，按 Enter 键应用自由变换。如图 100 所示。

图 99　选择所需的图像

图 100　复制图像并缩小

（13）执行"图像"菜单→"调整"→"色相/饱和度"命令（或按 Ctrl+U 组合键），打开"色相/饱和度"对话框，将"着色"复选框勾选，设置色相和饱和度值如图 101 所示。调整后的图像如图 102 所示。

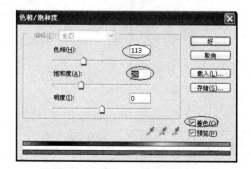

图 101　设置"色相/饱和度"

图 102　图像效果

（14）选择工具箱中的矩形选框工具 ，在图像编辑区绘制矩形选区。如图 103 所示。

图 103　绘制选区

（15）在"图层"面板上新建"图层 4"。执行"编辑"菜单→"描边"命令，打开"描边"对话框，设定宽度为 2 像素，位置"居外"为选区描边。如图 104 所示。然后按 Ctrl+D 组合键取消选区。图像效果如图 105 所示。

图 104　"描边"设置

图 105　图像效果

（16）在"图层"面板上将"图层 4"拖到"新建"按钮 上复制得到其副本图层。

（17）分别对"图层 4"和其副本图层的图像执行自由变换命令，旋转两个图层的图像。旋转后效果如图 106 所示。

图 106　旋转图像效果

（18）将"图层 4"和其副本图层合并。选择工具箱中的魔棒工具 ，在属性栏中设置各属性值如图 107 所示。按住 Shift 键（加选选区），在两个矩形图像框的错开部分单击（共有 8 部分，如图 108 中的数字所标示）得到选区。

图107　设置属性栏

图108　选择选区

（19）选择工具箱中的渐变工具 ，选择渐变色为"色谱"，单击属性栏上"线性渐变"按钮。新建一图层，在选区中沿对角拖动光标填充渐变色，然后按 Ctrl+D 组合键取消选区。如图109所示。

（20）执行"滤镜"菜单→"模糊"→"高斯模糊"命令，打开"高斯模糊"对话框。设定模糊半径为5.0像素。单击"好"按钮应用高斯模糊。如图110所示。

图109　填充渐变色

图110　模糊渐变色图像

（21）打开素材库中的"蝴蝶"图片。用移动工具拖到"月历"文件中。按 Ctrl+T 组合键执行自由变换命令，将图像缩小并旋转，然后移动到合适的位置。按 Enter 键应用对图像的自由变换。如图111所示。

（22）选择工具箱中的文字工具 T.，在图像编辑区输入所有日期。如图112所示。

图111　复制蝴蝶图片并缩小

图112　输入所有日期

（23）选择工具箱中的画笔工具 。选择"混合画笔"中的"交叉排线"笔形。如图113

所示。将前景色设置为黑色，在"图层"面板中新建一图层。用画笔工具在图像编辑区随意点几下。如图 114 所示。

图 113　选择笔形　　　　　　　　　　　　　图 114　绘制图像

（24）添加闪光效果。在"图层"面板中的该图层上双击，在弹出的"图层样式"对话框中单击"外发光"将其激活，设置其各项参数如图 115 所示，其中颜色选择白色。

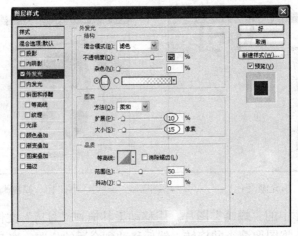

图 115　"外发光"设置

（25）最终效果如图 116 所示。

图 116　最终效果图

任务四　打造妩媚时尚照片

1. 目的和要求
- 练习对皮肤做通透处理的方法。
- 练习用调整图层调整图像的方法。
- 练习用曲线调整图像的方法。
- 练习用可选颜色调整图像的方法。
- 练习用色彩平衡调整图像的方法。

2. 具体执行过程

（1）打开"人物"素材图片，按 Ctrl+Shift+S 组合键将图像存储为"打造妩媚时尚照片"，并选择"格式"为 PSD。

（2）因素材人物面部本身没有斑点，故无需做磨皮处理，直接给人物皮肤做通透处理即可（可用的方法有好几种）。这里介绍两种方法。

方法一：用"曲线"命令调整。

（1）按 F7 键打开"图层"面板，单击面板下面的"创建新填充图层或调整图层"按钮，在弹出的菜单中选择"曲线"选项，给人物"背景"图层上面加"曲线"调整图层（或按 Ctrl+M 组合键打开"曲线"对话框，直接调整图像本身）。"图层"面板如图 117 所示。

图 117　添加"曲线"调整图层

（2）在"调整"面板中调整曲线提高亮度。如图 118 所示。图像效果如图 119 所示。

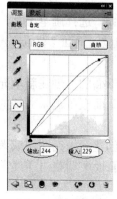

图 118　调整曲线

图 119　图像效果

方法二：用图层混合模式和图层不透明度调整。

（1）按 Ctrl+J 组合键复制背景图层得到"图层 1"，调整图层混合模式为"滤色"，不透明度为 50%。"图层"面板如图 120 所示。图像效果如图 121 所示。

图 120　　"图层"面板

图 121　　图像效果

（2）给"图层 1"添加图层蒙版。选择画笔工具，将前景色置为黑色，选择合适的画笔笔形，在发饰的地方涂抹黑色使发饰显示下面"背景"图层的图像。"图层"面板如图 122 所示。

（3）对皮肤做完通透处理后使用"色彩平衡"调整肤色，使偏黄的皮肤变得红润。单击"图层"面板下面的"创建新填充图层或调整图层"按钮 ，在弹出的菜单中选择"色彩平衡"选项，在"调整"面板中调整各颜色的数值。"图层"面板和"调整"面板效果如图 123 和图 124 所示。

图 122　　"图层"面板

图 123　　"图层"面板

（4）在"图层"面板中激活"色彩平衡 1"的图层蒙版，选择画笔工具，将前景色置为黑色，选择合适的画笔笔形，在发饰的地方涂抹黑色使发饰显示下面"背景"图层的图像，不使发饰的色彩发生变化。"图层"面板如图 125 所示。

（5）提高面部图像中暗部的亮度。单击"图层"面板下面的"创建新填充图层或调整图层"按钮 ，在弹出的菜单中选择"曲线"选项，在"调整"面板中调整曲线的数值。"图层"面板和"调整"面板效果如图 126 和图 127 所示。

（6）调整左面花的颜色。单击"图层"面板下面的"创建新填充图层或调整图层"按钮 ，在弹出的菜单中选择"可选颜色"选项，在"调整"面板中调整"洋红"和"中性色"的数值。"调整"面板效果如图 128 和图 129 所示。

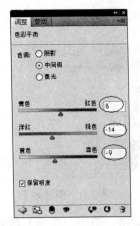

图 124   "调整"设置

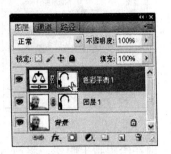

图 125   "图层"面板

图 126   "图层"面板

图 127   "调整"设置

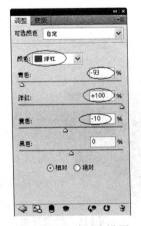

图 128   "洋红"设置

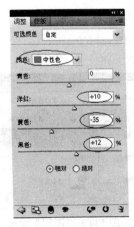

图 129   "中性色"设置

（7）此时你会发现面部也发生了变化。在"图层"面板中激活"选取颜色 1"的图层蒙版，选择画笔工具，将前景色置为黑色，选择合适的画笔笔形，在帽子和面部等地方涂抹黑色使其不受本层颜色的影响而显示下面的图像。"图层"面板和图像效果分别如图 130 和图 131 所示。

图 130　"图层"面板

图 131　图像效果

（8）现在给眼睛上眼影。将前景色设置为 a70c7b。新建一图层，选择工具箱中的画笔工具，选择柔角的笔尖，按左、右方括号键调整笔尖大小，在一只上眼皮上涂抹。然后将图层混合模式设置为"柔光"。"图层"面板和图像效果如图 132 和图 133 所示。

图 132　"图层"面板

图 133　图像效果

（9）将前景色设置为 4d9949。新建一图层，用画笔工具为另一只眼睛上眼影。混合模式设置为"柔光"。"图层"面板和图像效果如图 134 和图 135 所示。

图 134　"图层"面板

图 135　图像效果

（10）目前背景太单调，需要再为其做个背景颜色，添加一些素材，用画笔画些图案。新建"图层 4"，将前景色设置为 b491b4。选择工具箱中的圆角矩形工具 ，单击属性栏上"路径"按钮。如图 136 所示。

图 136 将"路径"按钮按下

（11）从左上角到右下角拖动绘制圆角矩形路径。如图 137 所示。

图 137 绘制圆角矩形路径

（12）激活"路径"面板，单击面板右上角向下的小箭头 ，在弹出的菜单中选择"建立选区"选项。如图 138 所示。在打开的"建立选区"对话框中设置羽化半径为 40。如图 139 所示。

图 138 选择"建立选区"选项

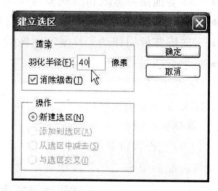

图 139 设置羽化值

（13）单击"确定"按钮后按 Ctrl+Shift+I 组合键将选区反选。按 Alt+Delete 组合键填充前景色得到如图 140 所示的效果。再按 Ctrl+D 组合键取消选区。

图 140 填充前景色

（14）再选择所喜欢的素材点缀，通过调整图层的混合模式、不透明度，图像的色相、饱和度，用画笔绘制喜欢的图案等达到理想的效果。如图 141 和图 142 所示。

图 141 "图层"面板效果   图 142 图像效果

任务五 制作 VCD 封面

1. 目的和要求
● 学会拖出参考线和隐藏参考线的方法。
● 熟练掌握将图像用"粘贴入"复制到选区中的方法。
● 熟练掌握用移动工具复制图像的方法。
● 学会图像的合理布局。

2. 完成思路
新建文件→排列素材图片→合并图片→旋转图像。

3. 具体执行过程
（1）首先设置背景色。将其 RGB 值设置为 138、228、9。新建一个各项参数如图 143 所示的文件，然后单击"好"按钮确定。

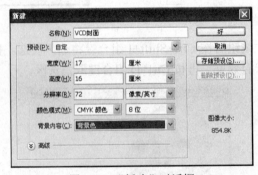

图 143 "新建"对话框

（2）按 Ctrl+R 组合键调出标尺。执行"编辑"菜单→"预置"→"单位与标尺"命令。在弹出的对话框中设置"标尺"为"厘米"，单击"好"按钮应用。如图 144 所示。此时在图像编辑区显示的标尺就以"厘米"为单位。然后分别拖出两条横向和两条纵向参考线。如图 145 所示。

图 144　设置标尺的单位

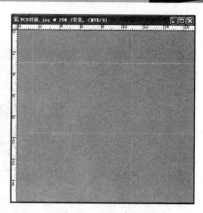

图 145　拖出参考线

（3）选择工具箱中的矩形选框工具 ，在图像编辑区绘制出如图 146 所示的选区。

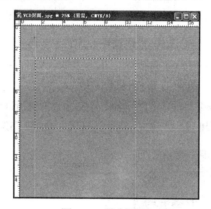

图 146　绘制选区

（4）打开素材库中"VCD 封面"的素材 1。按 Ctrl+A 组合键全选图像，再按 Ctrl+C 组合键拷贝在剪贴板上。激活"VCD 封面"文件，按 Ctrl+Shift+Alt+V 组合键将剪贴板上的图像"粘入"选区中。如图 147 所示。再按 Ctrl+T 组合键对选区中的图像进行自由变换。放大图像，并使脸部比以前宽点，然后按 Enter 键应用自由变换。如图 148 所示。

图 147　"粘入"图像

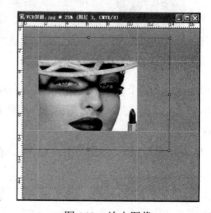

图 148　放大图像

（5）打开素材 2 和素材 3 复制到"VCD 封面"文件中。对其进行自由变换，调整大小和位置。如图 149 和图 150 所示。

 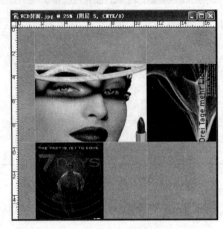

图 149　复制素材 2　　　　　　　　　　　图 150　复制素材 3

（6）将前景色设置为白色。选择工具箱中的铅笔工具 ✎ 。选择尖角笔尖，设置大小为 10。按住 Shift 键，沿横向的两条参考线和纵向的参考线绘制直线。按 Ctrl+R 组合键隐藏标尺，按 Ctrl+；组合键隐藏参考线。图像效果如图 151 所示。

（7）在"图层"面板中将"背景"图层眼睛关闭，按 Ctrl+Shift+E 组合键合并可见图层，然后再打开"背景"图层的眼睛。目前只剩两个图层。如图 152 所示。

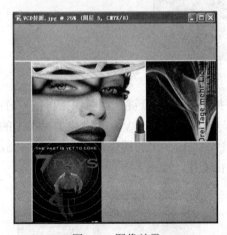 

图 151　图像效果　　　　　　　　　　　图 152　"图层"面板

（8）按 Ctrl+T 快捷键对"图层 5"中的图像执行自由变换命令。在属性栏中输入旋转角度为"-11"，如图 153 所示。按 Enter 键应用自由变换，用移动工具将图像移动到如图 154 所示的位置。

（9）选择工具箱中的裁切工具 ✄ 。在属性栏中输入宽度和高度值如图 155 所示，然后裁切图像，如图 156 所示。

（10）打开素材 4，用移动工具将其复制到"VCD 封面"文件中，删除其背景。按 Ctrl+T 组合键对文字执行自由变换命令。将文字缩小一点，并在属性栏中输入旋转角度为"-11"，按 Enter 键应用自由变换。图像效果如图 157 所示。

图 153　在属性栏设置角度

图 154　图像效果

图 155　在属性栏设置尺寸

图 156　图像效果

图 157　复制素材 4 并旋转

（11）再复制素材 5，删除地球的背景后为其添加"描边"图层样式，描 5 像素的黑边。图像效果如图 158 所示。打开素材 6，分别将上、下两行文字用矩形选框工具框选复制到"VCD封面"文件中。然后删除背景、调整位置。效果如图 159 所示。

图 158　复制素材 5 并描边　　　　　　　　　图 159　图像效果

（12）输入文字"世界顶级"、"高水准、高精度"，调整字体和大小。"世界顶级"的字体为"黑体"，字号为"26 点"，颜色为黑色。"高水准、高精度"的字体为"华文中宋"，字号为"12 点"，颜色为紫红。最终效果如图 160 所示。

图 160　最终效果图

任务六　篮球赛海报

1. 目的和要求

通过对该任务的执行学会制作一种炫光的动感特效。

2. 完成思路

将投篮人像抠出并复制四个→利用其中一个人像图层制作炫光动感效果→将各人像图层旋转错位→将背景层模糊。

3. 具体执行过程

（1）打开"素材"图片，按 Ctrl+Shift+S 组合键将图像存储为"篮球比赛海报"，并选择"格式"为 PSD。

（2）用钢笔工具或套索工具把人物选区选中，如图 161 所示。按 Ctrl+J 组合键复制到新图层。"图层"面板如图 162 所示。

图 161　将人物选区选中

图 162　"图层"面板

（3）按 Ctrl+L 组合键打开"色阶"对话框，调整其参数使图像变亮。"色阶"设置和图像效果分别如图 163 和图 164 所示。

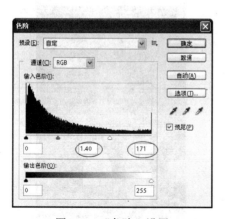

图 163　"色阶"设置

图 164　图像效果

（4）再按 Ctrl+J 组合键三次复制三个"图层 1"副本，并将刚复制出的图层眼睛关闭。"图层"面板如图 165 所示。

图 165　"图层"面板

（5）激活"图层 1"，为其添加"风"滤镜效果和"动感模糊"效果。参数设置如图 166 和图 167 所示。

图 166　"风"设置

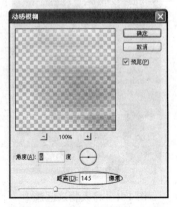

图 167　"动感模糊"设置

（6）图像效果如图 168 所示。

（7）给图层添加"渐变叠加"图层样式，渐变色选择"色谱"。图像效果如图 169 所示。

图 168　图像效果

图 169　图像效果

（8）将"图层 1 副本 3"的眼睛打开，并且使"图层 1"处于激活状态。"图层"面板如图 170 所示。

图 170　"图层"面板

（9）用套索工具将"图层 1"人物左侧的图像选中，如图 171 所示。删除选区中图像，如图 172 所示。

图 171　将人物左侧图像选中

图 172　删除选区中图像

（10）分别将"图层 1 副本"和"图层 1 副本 2"旋转一定的角度。图像效果如图 173 所示。

（11）设置"图层 1 副本"和"图层 1 副本 2"的不透明度分别为 25% 和 50%。图像效果如图 174 所示。将"图层 1"拖到"图层 1 副本 3"之下。"图层"面板如图 175 所示。

图 173　旋转图像

图 174　设置图层不透明度

（12）定义一个画笔笔刷待用。新建一白色背景的任意大小的文件，将前景色设置为黑色，选择画笔工具，笔尖形状为尖角，在"画笔"面板中设置一定的间距（定义的画笔大小不同数值也不同，画笔笔尖大小可以和这里的大小不同）。如图 176 所示。

（13）在新建的文件中纵向拖动光标绘制四个点。用矩形选框工具选择这四个点。如图 177 所示。执行"编辑"菜单→"定义画笔预设"命令定义画笔。如图 178 所示。

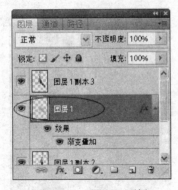

图 175 "图层"面板

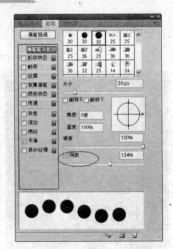

图 176 设置画笔

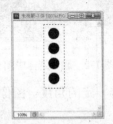

图 177 绘制四个点并选择

图 178 定义画笔

（14）回到"篮球比赛海报"文件中。现在给图像添加一些特效。新建"图层 2"。用钢笔工具绘制如图 179 所示的路径。将画笔工具激活，选择刚才定义的画笔，设置合适的大小，将前景色设置为白色，在"画笔"面板中设置合适的间距。如图 180 所示。

图 179 路径效果

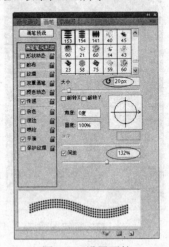

图 180 设置画笔

（15）单击"路径"面板下方的"用画笔描边路径"按钮为画笔描边，如图 181 所示。图像效果如图 182 所示。

（16）为"图层 2"添加"径向模糊"滤镜效果。参数设置如图 183 所示。图像效果如图 184 所示。

图 181 "用画笔描边路径"按钮

图 182 描边效果

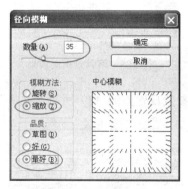

图 183 "径向模糊"设置

图 184 模糊效果

（17）再为"图层 2"添加"渐变叠加"图层样式。颜色从左至右为 f707fe、60fffe、f1fc00。图像效果如图 185 所示。用橡皮擦擦除"图层 2"在人物胳膊和腿上的图像。图像效果如图 186 所示。

图 185 渐变叠加效果

图 186 图像效果

（18）给"图层 2"添加"镜头模糊"滤镜，半径为 4。

（19）激活"背景"图层，用套索工具选择如图 187 所示的选区（将篮筐框在选区之外）。为其添加半径为 6.3 像素的高斯模糊效果使背景变得模糊起来。图像效果如图 188 所示。

图 187　绘制选区

图 188　将背景模糊效果

（20）再为其添加两次"镜头光晕"滤镜效果，参数设置如图 189 所示。并将两次光晕的位置错开。图像效果如图 190 所示。

图 189　"镜头光晕"设置

图 190　图像效果

（21）为了加强效果，给"图层 1 副本 3"添加颜色为 ccff5d 的"外发光"图层样式，参数设置如图 191 所示。最终效果如图 192 所示。

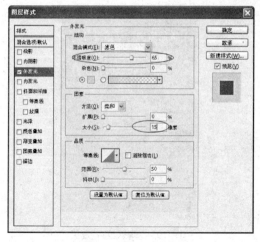

图 191　"外发光"设置

图 192　最终效果图

任务七　简历封面

1. 目的和要求

● 　掌握沿路径输入文字的方法。

2. 完成思路

绘制椭圆形路径沿路径输入文字→用填充路径或选区、删除选区中图像等方法制作图像。

3. 具体执行过程

（1）设置背景色为黑色。新建一个各项参数如图 193 所示的文件。

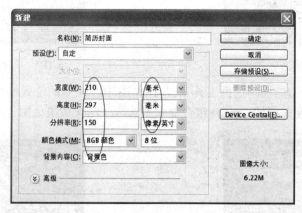

图 193　"新建"对话框

（2）选择工具箱中的横排文字工具 T 。执行"窗口"菜单→"字符"命令打开"字符"面板，设置各项参数如图 194 所示。颜色为 fb9502。

（3）输入文字"求职意向：平面设计"。按 Ctrl+Enter 组合键退出对文字的编辑。图像效果如图 195 所示。

（4）选择工具箱中的矩形选框工具 □ ，绘制一矩形选区如图 196 所示。

图 194　设置文字

图 195　输入文字效果

（5）将前景色设置为 fd9800。新建"图层 1"，按 Alt+Delete 组合键填充前景色，再按 Ctrl+D 组合键取消选区。图像效果如图 197 所示。

图 196　绘制矩形选区

图 197　填充前景色

（6）选择工具箱中的椭圆选框工具 $\bigcirc$ ，在如图 198 所示的位置绘制椭圆。按 Delete 键删除椭圆选区中的图像。再按 Ctrl+D 组合键取消选区。图像效果如图 199 所示。

图 198　绘制椭圆选区

图 199　删除选区中的图像

（7）选择工具箱中的横排文字工具 T，在"字符"面板中设置各项参数如图 200 所示。颜色为 ff0000。

（8）输入文字"DESIGN"。按 Ctrl+Enter 组合键退出对文字的编辑。图像效果如图 201 所示。

图 200　设置文字

图 201　输入"DESIGN"

（9）选择工具箱中的椭圆工具 ，单击属性栏上的"路径"按钮。如图 202 所示。在文件中绘制椭圆路径，如图 203 所示。

图 202　将"路径"按钮按下

图 203　椭圆路径

（10）激活"路径"面板。在"工作路径"上双击将其保存为"路径 1"。

（11）将"路径 1"拖到下面的"创建新路径"按钮上复制得到"路径 1 副本"。如图 204 所示。

（12）选择工具箱中的横排文字工具 T，在"字符"面板中设置各项参数如图 205 所示。颜色为 f99700。

（13）在路径上文字起始的位置单击，输入"graphic"，按空格键几次到红色文字

"DESIGN" 后再输入 "graphic"。按 Ctrl+Enter 组合键退出对文字的编辑。图像效果如图 206 所示。

图 204　"路径" 面板

图 205　"字符" 设置

（14）激活 "路径" 面板，在面板空白区单击取消路径的显示。

（15）再选择工具箱中的直排文字工具 IT，在 "字符" 面板中设置各项参数如图 207 所示。

图 206　输入文字效果

图 207　"字符" 设置

（16）在文件中输入 "new"。分别选中三个字母将颜色修改为 f99700、0cff00、000cff。按 Ctrl+Enter 组合键退出对文字的编辑。图像效果如图 208 所示。

（17）在 "路径" 面板中激活 "路径 1 副本"。按 Ctrl+T 组合键对路径进行自由变换。按 Alt+Shift 组合键等比缩小到如图 209 所示的大小。

（18）新建 "图层 2"，将前景色设置为 fd3301，单击 "路径" 面板下方的 "用前景色填充路径" 按钮为路径填充。图像效果如图 210 所示。

（19）在 "路径" 面板的空白区单击取消路径的显示。选择工具箱中的矩形选框工具 ，在文件中绘制如图 211 所示的选区，按 Delete 键删除选区中的图像，再按 Ctrl+D 组合键取消选区。如图 212 所示。

图 208 输入"new"并修改颜色

图 209 缩小路径效果

图 210 填充路径

图 211 绘制矩形选区

图 212 删除选区中图像

（20）用矩形选框工具在文件中绘制如图 213 所示的矩形选区。

（21）新建"图层 3"，将前景色设置为 66fd00，按 Alt+Delete 组合键填充前景色，再按 Ctrl+D 组合键取消选区。图像效果如图 214 所示。

图 213　绘制矩形选区

图 214　图像效果

（22）选择工具箱中的椭圆选框工具，单击属性栏上的"路径"按钮。在文件中绘制椭圆路径。效果如图 215 所示。

（23）按 Ctrl+Enter 组合键将路径转换为选区。再按 Ctrl+Shift+J 组合键将选区中的图像剪切到自动新建的"图层 4"上。"图层"面板如图 216 所示。

图 215　绘制椭圆路径

图 216　"图层"面板

（24）将前景色设置为 ff3304，选择工具箱中的油漆桶工具，在"图层 4"的图像上（非透明区域）单击填充前景色。效果如图 217 所示。

（25）再将刚才的路径层选中，按 Ctrl+Enter 组合键将路径转换为选区，如图 218 所示。按键盘上向下方向键"↓"将选区向下移动一定的距离。效果如图 219 所示。

（26）在"图层"面板中将"图层 3"激活，按 Delete 键删除选区中的图像。再按 Ctrl+D 组合键取消选区。图像效果如图 220 所示。

图 217　改变"图层 4"图像颜色

图 218　将路径转为选区

图 219　移动选区位置

图 220　删除选区中图像

（27）选择工具箱中的多边形套索工具 ，绘制如图 221 所示的选区。

图 221　选区效果

（28）按 Ctrl+Shift+J 组合键将选区中的图像剪切到自动新建的"图层 5"上。"图层"面板如图 222 所示。

（29）将前景色设置为 ff9b00，选择工具箱中的油漆桶工具，在"图层 5"的图像上（非透明区域）单击填充前景色。如图 223 所示。

图 222　"图层"面板

图 223　图像效果

（30）在"路径"面板中激活刚才用过的路径。如图 224 所示。

（31）选择工具箱中的横排文字工具 T ，在"字符"面板中设置各项参数如图 225 所示。颜色为 f99700。

图 224　激活路径层

图 225　"字符"设置

（32）在路径的右下方单击输入"graphic"。效果如图 226 所示。

（33）取消路径的显示，将文字移动到如图 227 所示的位置。

（34）在将前景色设置为 66fd00。选择工具箱中的横排文字工具 T ，输入合适大小的文字"graphic"，并将其旋转一定的角度。图像效果如图 228 所示。

（35）在"图层"面板中刚才输入文字的图层上右击打开右键菜单，选择"栅格化文字"选项，将文字图层变成普通图层。按住 Ctrl 键，在"图层"面板上单击"图层 5"的小图标将其选区载入。如图 229 所示。

图 226 输入 "graphic"

图 227 移动文字位置

图 228 图像效果

图 229 载入 "图层 5" 选区

（36）按 Ctrl+Shift+I 组合键将选区反选，再按 Delete 键删除选区中的绿色文字。取消选区后得到最终效果图如图 230 所示。

图 230 最终效果图

任务八　制作"你永远是我的最爱"

1．目的和要求

（1）通过对该任务的执行熟练掌握图层蒙版的使用方法

（2）熟练掌握图层样式的使用方法

2．具体执行过程

（1）打开"背景"素材，存储为"你永远是我的最爱.PSD"。

（2）打开"综合素材"文件，将"相框"图层激活，用移动工具将其复制到"你永远是我的最爱.PSD"文件中，并且旋转 90 度。如图 231 所示。

（3）打开"人物"素材，将其复制到"你永远是我的最爱.PSD"文件中，缩小至合适的大小。如图 232 所示。

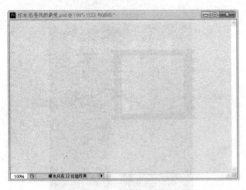

图 231　图像效果

图 232　图像效果

（4）使用魔棒工具将其背景选中删除（选背景时可将属性栏上的容差设置小点，按住 Shift 键将容易选择的区域全部加选），然后取消选区。如图 233 所示。

图 233　图像效果

（5）按 Ctrl+M 组合键打开"曲线"对话框，将曲线提高增加图像的亮度。"曲线"对话框如图 234 所示。图像效果如图 235 所示。

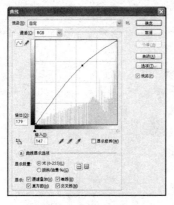

图234　调整"曲线"

图235　图像效果

（6）再用"可选颜色"或"色彩平衡"调整图像的颜色。图像效果如图236所示。

图236　图像效果

（7）按住Ctrl键单击"图层"面板上"相框"图层的小图标将其选区选中，如图237所示。按Ctrl+Shift+I组合键将选区反选。如图238所示。

图237　将相框选区选中

图238　反选选区

（8）选择矩形选框工具，按住Ctrl+Alt组合键（与原有选区交叉选择）将相框最内侧的选区框选，则只将相框内侧的区域选中。如图239所示。

（9）为人物所在图层添加图层蒙版，如图240所示。将选区之外的人物图像隐藏。图像效果如图241所示。

图 239　将相框内侧选中

图 240　添加图层蒙版

图 241　图像效果

（10）将前景色设置为白色，选择画笔工具，激活图层蒙版，在图层蒙版上用画笔在人物头部的地方涂抹使其显示出来。"图层"面板如图 242 所示。图像效果如图 243 所示。

图 242　"图层"面板

图 243　图像效果

（11）将"综合素材"中的"串珠"复制到"背景"图层之上其他图层之下。"图层"面板如图 244 所示。图像效果如图 245 所示。

（12）为"串珠"图层添加"投影"图层样式，颜色为 f8d1fd。参数设置如图 246 所示。图像效果如图 247 所示。

图244 "图层"面板

图245 图像效果

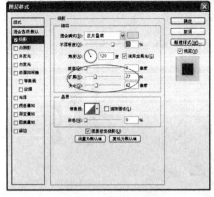

图246 "投影"设置

图247 图像效果

（13）打开"花背景"素材，用矩形选框工具选择一部分将其复制到"串珠"图层之上，其他图层之下，如图248所示。缩小后放在相框后面，并能正好被相框压住，将它作为人物的背景。如图249所示。

图248 复制"花背景"

图249 缩小花背景

（14）为刚才的图层添加一种合适的混合模式。如图250所示。

（15）再将"线条"素材复制到"你永远是我的最爱.PSD"文件中，设置图层混合模式为"正片叠底"将白色背景隐藏。图像效果如图251所示。

图 250 "图层"面板

图 251 图像效果

（16）将"粉叶"、"花 2"、"蜻蜓"、"文字"复制到"你永远是我的最爱.PSD"文件中。"图层"面板如图 252 所示。图像效果如图 253 所示。

图 252 "图层"面板

图 253 图像效果

（17）激活最上面的图层，将"花 1"和"love"文字复制进来，分别放在如图 254 所示的位置。

（18）输入"BY XINBI"文字（复制一层，下面一层为白色文字，上面一层为粉色文字，两层错开一点）。再用画笔工具绘制几个星星点缀。如图 255 所示。

图 254 图像效果

图 255 绘制星星点缀

（19）为"相框"图层添加"投影"图层样式使其有层次感，参数设置如图 256 所示。最终效果如图 257 所示。

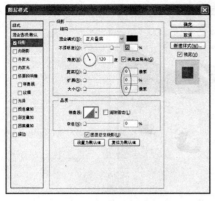

图256 "投影"设置 图257 最终效果图

任务九 制作浪漫时光漂亮婚纱照片

1. 目的和要求

（1）通过对该任务的执行掌握通道混合器调整图层的使用方法。

（2）学会使用"HDR色调"调整图像的色调。

2. 具体执行过程

（1）打开"婚纱照"素材，存储为"浪漫时光漂亮婚纱照片效果图.PSD"文件。

（2）添加"通道混合器"调整图层。"图层"面板如图258所示。

图258 "图层"面板

（3）设置各项参数值如图259至图261所示。

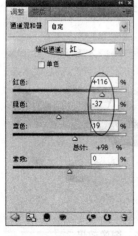

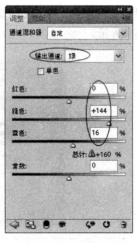

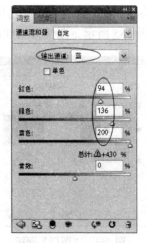

图259 设置"红"通道 图260 设置"绿"通道 图261 设置"蓝"通道

（4）图像效果如图262所示。

图 262　图像效果

（5）设置"通道混合器"调整图层的混合模式为"柔光"，"图层"面板如图 263 所示。图像效果如图 264 所示。

图 263　"图层"面板

图 264　图像效果

（6）将前景色设置为黑色，用画笔工具在"通道混合器"调整图层的蒙版上的人物区域涂抹（将属性栏上的流量和不透明度数值调整小点）使人物受该调整图层的影响小点。"图层"面板如图 265 所示。图像效果如图 266 所示。

图 265　"图层"面板

图 266　图像效果

（7）再添加"通道混合器"调整图层。如图 267 所示。

（8）设置各项参数值如图 268 至图 270 所示。

图 267 "图层"面板

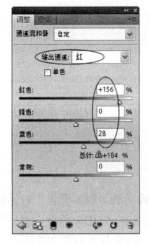

图 268 设置"红"通道

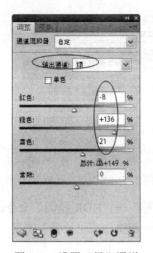

图 269 设置"绿"通道

图 270 设置"蓝"通道

（9）设置"通道混合器"调整图层的混合模式为"柔光"，"图层"面板如图 271 所示。图像效果如图 272 所示。

图 271 "图层"面板

图 272 图像效果

（10）在"通道混合器 2"调整图层的蒙版上用画笔涂抹黑色使图像的下面部分不受该调整图层的影响。"图层"面板如图 273 所示。图像效果如图 274 所示。

（11）按 Ctrl+ Shift+Alt+E 组合键盖印图层得到"图层 1"。如图 275 所示。

图 273 "图层"面板　　　　　　　　　　　　　　图 274 图像效果

图 275 "图层"面板效果

　　（12）执行"图像"菜单→"调整"→"HDR 色调"命令，在弹出的"脚本警告"对话框中单击"是"按钮，此时所有图层将会全部拼合成"背景"图层。在弹出的"HDR 色调"对话框中设置参数（如图 276 所示）使图像的颜色更鲜艳柔和，层次感更强。图像效果如图 277 所示。

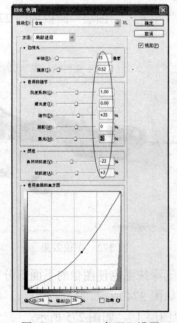

图 276 "HDR 色调"设置

图 277 图像效果

（13）添加"曲线"调整图层，调整其曲线降低图像的亮度。"图层"面板如图 278 所示。"曲线"调整如图 279 所示。

图 278 "图层"面板

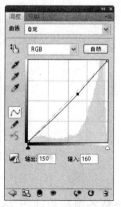

图 279 "曲线"调整

（14）按 Ctrl+Shift+Alt+E 组合键盖印图层得到"图层 1"，再按 Ctrl+J 组合键复制"图层 1"得到"图层 1 副本"。执行"滤镜"菜单→"锐化"→"锐化边缘"命令两次，将图像锐化。图像效果如图 280 所示。

图 280 图像效果

（15）为"图层 1 副本"添加图层蒙版，从上到下为其填充黑色到白色的线性渐变（为了使上半部分图像显示下层没锐化的图层的图像）。"图层"面板如图 281 所示。图像效果如图 282 所示。

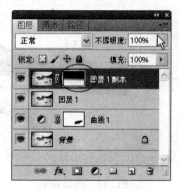

图 281 "图层"面板

图 282 图像效果

（16）添加"色彩平衡"调整图层为图像添加一点绿色。"图层"面板如图 283 所示。

图 283　"图层"面板

（17）调整各项参数如图 284 所示。图像效果如图 285 所示。

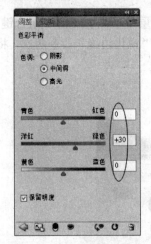

图 284　"色彩平衡"调整

图 285　图像效果

（18）将前景色设置为黑色，在"色彩平衡"调整图层的蒙版上用画笔涂抹（将属性栏上的不透明度调小点），使人物和船不受本调整图层的影响。"图层"面板如图 286 所示。图像效果如图 287 所示。

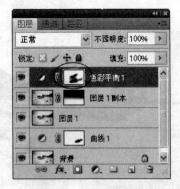

图 286　"图层"面板

图 287　图像效果

（19）将"伞"素材复制进来。再按 Ctrl+J 组合键复制一层得到"图层 3 副本"层。"图层"面板如图 288 所示。

图 288　"图层"面板

（20）激活"图层 3"，按 Ctrl+T 组合键执行自由变换命令。先将上边向下拖动缩小，如图 289 所示。再按住 Ctrl+Shift 组合键用光标拖动上边框向右，如图 290 所示。

图 289　将上边向下拖动缩小

图 290　拖动上边框向右

（21）按 Enter 键应用自由变换。按住 Ctrl 键，单击"图层"面板上"图层 3"的小图标将图像的选区选中，从左向右填充从黑色到透明的线性渐变。按 Ctrl+D 组合键取消选区得到伞的投影。图像效果如图 291 所示。

图 291　图像效果

（22）打开"文字"素材复制进来。如图 292 所示。再绘制星星、枫叶等图像进行点缀得到最终效果图。如图 293 所示。

图 292　复制文字素材效果

图 293　最终效果图

任务十　将照片处理为水彩效果

1．目的和要求

（1）通过对该任务的执行熟练掌握用调整图层调整图像的方法。

（2）熟练掌握所涉及的滤镜的使用方法。

2．具体执行过程

（1）打开"照片"素材，将其存储为"效果图.PSD"。

（2）创建"曲线"调整图层，将图像提亮一点。"图层"面板如图 294 所示。"曲线"调整如图 295 所示。

图 294　"图层"面板

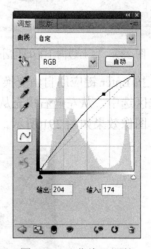

图 295　"曲线"调整

（3）再创建"色阶"调整图层，提高图像的对比度。参数设置如图 296 所示。图像效果如图 297 所示。

（4）创建"可选颜色"调整图层，对白色进行调整，使白色更白。"可选颜色"调整如图 298 所示。图像效果如图 299 所示。

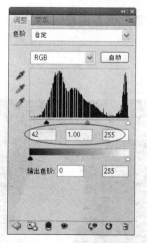

图 296　"色阶"设置

图 297　图像效果

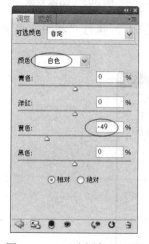

图 298　"可选颜色"调整

图 299　图像效果

（5）按 Ctrl+Alt+Shift+E 组合键盖印图层得到"图层 1"。为了使图像效果变得柔和，执行"滤镜"菜单→"模糊"→"高斯模糊"命令，模糊半径 6 像素，然后将图层混合模式设置成"柔光"。"图层"面板如图 300 所示。图像效果如图 301 所示。

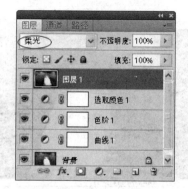

图 300　"图层"面板

图 301　图像效果

（6）将图像的红色降低提高绿色。创建"通道混合器"调整图层，对绿色进行调整，参数设置如图 302 所示。图像效果如图 303 所示。

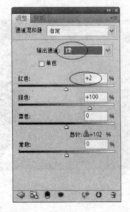

图 302　"通道混合器"调整　　　　　　　　　　图 303　图像效果

（7）按 Ctrl+Alt+Shift+E 组合键盖印图层得到"图层 2"。执行"滤镜"菜单→"其他"→"高反差保留"命令。如图 304 所示。

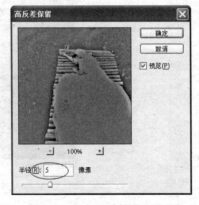

图 304　"高反差保留"设置

（8）将图层的混合模式设置为"叠加"，图像变得比以前清晰了。"图层"面板如图 305 所示。图像效果如图 306 所示。

图 305　"图层"面板　　　　　　　　　　　　图 306　图像效果

（9）创建"色彩平衡"调整图层，对阴影和高光进行调整，参数设置如图 307 和图 308 所示。

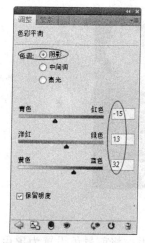

图 307　"阴影"设置

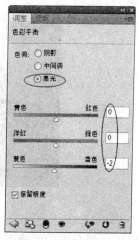

图 308　"高光"设置

（10）图像变成青蓝色。效果如图 309 所示。

图 309　图像效果

（11）创建"通道混合器"调整图层，对蓝色进行调整，增强点黄色。参数设置如图 310 所示。

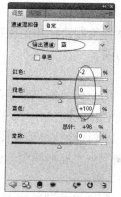

图 310　"通道混合器"调整

（12）按 Ctrl+Alt+Shift+E 组合键盖印图层得到"图层 3"。执行"滤镜"菜单→"画笔描边"→"烟灰墨"命令，数值默认。图像效果图如图 311 所示。

图 311　图像效果

（13）将图层混合模式调整为"滤色"。添加图层蒙版，将前景色设置为黑色，用画笔在人的地方涂抹将人显示出来。"图层"面板如图 312 所示。最终效果如图 313 所示。

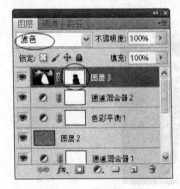

图 312　"图层"面板

图 313　图像效果

任务十一　制作手机海报

1. 目的和要求

（1）通过对该任务的执行熟练掌握绘制路径和为路径描边的方法。

（2）熟练掌握调整图层的使用方法。

2. 具体执行过程

（1）新建一个大小如图 314 所示的文件。给"背景"图层填充黑色。

（2）将前景色设置为 ba7509。按 Ctrl+Alt+Shift+N 组合键新建"图层 1"，选择画笔工具，设置合适的大小及不透明度，在图像上进行涂抹得到如图 315 所示的效果。

（3）执行"滤镜"菜单→"模糊"→"高斯模糊"命令，对图像加以模糊。"高斯模糊"设置如图 316 所示。图像效果如图 317 所示。

（4）打开"手机"素材，将其复制进来并调整其大小和角度放在如图 318 所示的位置。

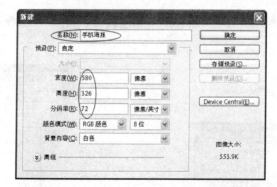

图 314　新建文件

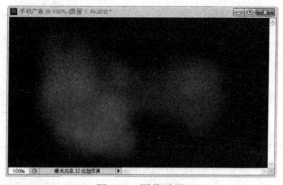

图 315　图像效果

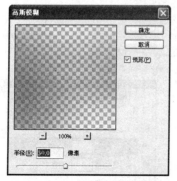

图 316　"高斯模糊"设置

图 317　图像效果

图 318　复制手机

（5）创建"曲线"调整图层，将图像的对比度提高。"图层"面板如图 319 所示。"曲线"调整如图 320 所示。

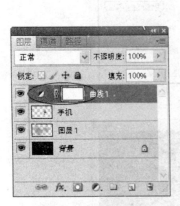

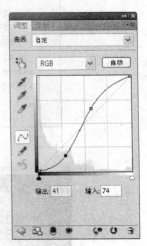

图 319　"图层"面板　　　　　　　　　图 320　"曲线"调整

（6）按 Ctrl+Alt+G 组合键将"曲线 1"图层创建成剪贴蒙版使其只对"手机"图层进行调整。"图层"面板如图 321 所示。

（7）创建"色彩平衡"调整图层调整手机的颜色。按 Ctrl+Alt+G 组合键将"色彩平衡 1"图层创建成剪贴蒙版使其只对"手机"图层进行调整。参数设置如图 322 所示，"图层"面板如图 323 所示。

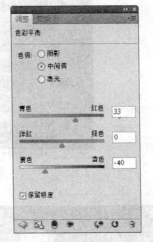

图 321　"图层"面板　　　　图 322　"色彩平衡"调整　　　　图 323　"图层"面板

（8）选择多边形套索工具将手机屏幕的区域选中。如图 324 所示。

（9）打开"人物图片"素材，按 Ctrl+A 组合键全选，再按 Ctrl+C 组合键拷贝在剪贴板上。

（10）回到"手机海报"文件中，执行"编辑"菜单→"选择性粘贴"→"粘入"命令，将剪贴板上的图片粘入手机屏幕的选区中。如图 325 所示。

（11）按 Ctrl+T 组合键对图像进行自由变换。如图 326 所示。

（12）缩小后按住 Ctrl+Alt 组合键拖动上或下边框使图像斜切变形。如图 327 所示。

图 324　选中手机屏幕

图 325　将图片粘入选区中

图 326　对图像进行自由变换

图 327　图像斜切变形

（13）按 Enter 键应用变换。为人物图片图层添加"内阴影"图层样式，使其看起来就像镶在手机里。参数设置如图 328 所示。

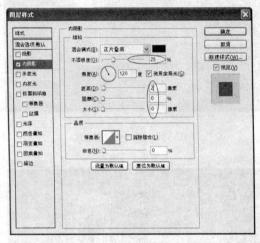

图 328 "内阴影"设置

（14）创建"色彩平衡"调整图层调整人物图片的颜色。按 Ctrl+Alt+G 组合键将"色彩平衡 2"图层创建成剪贴蒙版使其只对"图层 2"图层进行调整。参数设置如图 329 至图 331 所示。

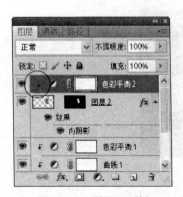

图 329 "图层"面板

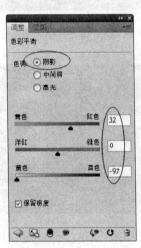

图 330 "阴影"设置

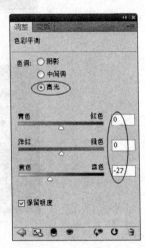

图 331 "高光"设置

（15）按住 Shift 键将"色彩平衡 2"图层到"手机"图层全部选中，如图 332 所示。再按 Ctrl+G 组合键将选中的图层编组，得到"组 1"。在"组 1"名字上双击将其改为"手机 1"组。如图 333 所示。

（16）在"图层"面板中将"手机 1"组拖到下面"创建新图层"按钮上复制"手机 1"组得到其副本组。如图 334 所示。

（17）将"手机 1 副本"文件夹打开，按住 Shift 键将"色彩平衡 2"图层到"手机"图层全部选中，如图 335 所示。再按 Ctrl+E 组合键将选中的所有图层合并（合并图层后则会以所选图层的最上面一层的名字命名）。如图 336 所示。

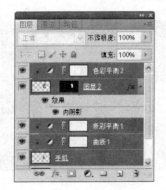

图 332　选择图层

图 333　编组图层

图 334　"图层"面板

图 335　选择图层

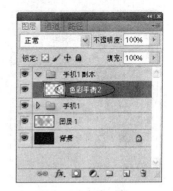

图 336　合并图层

（18）修改合并图层的名字为"手机 2"（在"图层"面板中"色彩平衡 2"名字上双击则可修改）。如图 337 所示。执行"编辑"菜单→"变换"→"垂直翻转"命令将"手机 2"翻转，垂直向下移动到如图 338 所示的位置。

图 337　"图层"面板

图 338　图像效果

（19）设置图层的不透明度，参数如图 339 所示。添加图层蒙版，填充从白色到黑色的线性渐变使"手机 2"半透明。图像效果如图 340 所示。

（20）在"图层"面板中的"手机 1 副本"上右击，选择右键菜单中的"删除组"选项。在接着弹出的对话框中单击"仅组"按钮则会删除组文件夹，其中的图层"手机 2"不会被删除。如图 341 和图 342 所示。

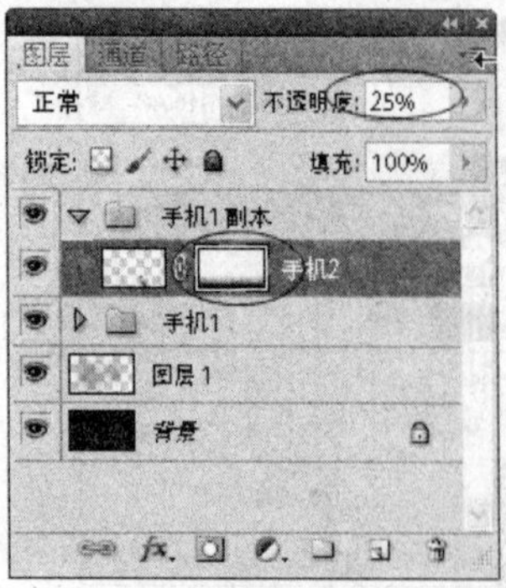

图 339　"图层"面板

图 340　图像效果

图 341　右键菜单

图 342　仅删除组

（21）在"图层 1"之上新建"图层 3"。"图层"面板如图 343 所示。

图 343　"图层"面板

（22）选择钢笔工具，单击属性栏上"路径"按钮，选择"添加路径区域"按钮。如图 344 所示。

图 344　属性栏设置

（23）新建"路径 1"层，绘制多条路径线（每次结束一段路径的绘制时按住 Ctrl 键在绘图区任意位置单击）。如图 345 所示。

图 345　路径效果

（24）将前景色设置为 e3db99。选择画笔工具，设置画笔大小为 4 像素、"硬度"为 100%，切换到"路径"面板，按住 Alt 键单击"用画笔描边路径"按钮，在弹出的对话框中勾选"模拟压力"复选框。如图 346 所示。

图 346　"描边子路径"设置

（25）单击"确定"按钮给路径描边，隐藏路径后得到如图 347 所示效果（如果描边力度不够可以多描几次）。

图 347　图像效果

（26）新建"路径 2"层，用椭圆工具绘制正圆路径（按住 Shift 键绘制）。如图 348 所示。

（27）新建"图层 4"，选择画笔工具，设置画笔笔尖大小为 3 像素、"硬度"为 100%。按住 Alt 键单击"用画笔描边路径"按钮，在弹出的对话框中将"模拟压力"选项的勾选去掉为圆路径描边。如图 349 所示。

图 348　绘制正圆路径

图 349　为路径描边

（28）按住 Ctrl 键，在"图层"面板的"图层 4"的小图标上单击，将图像选区选中。选择移动工具，按住 Alt 键拖动光标复制图像。如图 350 所示。

图 350　复制图像效果

（29）按 Ctrl+T 组合键对选区中的图像进行自由变换，将其缩小后应用自由变换。在不取消选区的情况下再重复复制操作，然后缩小，再复制……直到复制完取消选区。如图 351 所示。

（30）新建所需的图层，用不同的画笔大小、不同的颜色、不同的不透明度绘制多个圆。效果如图 352 所示。

图 351　复制两个小圆

图 352　绘制圆效果

（31）打开"花"素材，将其拷贝在剪贴板上。回到"手机海报"文件中，绘制正圆选区。如图 353 所示。

图 353　绘制正圆选区

（32）按 Ctrl+Shift+Alt+V 组合键将剪贴板上的花图像"粘入"选区中，对图像进行自由变换，缩小后应用自由变换。图像效果如图 354 所示。

（33）用同样的方法得到另外的几个圆形图像。如图 355 所示。

图 354　图像效果

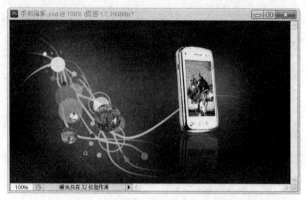

图 355　图像效果

（34）用文字工具输入"生活娱乐商务"（颜色不限），将文字图层栅格化，添加文字之间的小圆。如图 356 所示。

图 356　输入文字

（35）然后添加"渐变叠加"和"描边"图层样式。颜色根据自己的爱好。如图 357 所示。

（36）再将"文字"素材复制进来，设置图层的混合模式为"变亮"。最终效果如图 358 所示。

图357　为文字添加图层样式效果

图358　最终图像效果

按照教育部2006年16号文件对高职高专的新要求，以服务为宗旨，以就业为导向，融"教、学、做"为一体，着重培养学生职业能力。

问题导入　　案例驱动　　理论够用　　突出实践

21世纪 中等职业教育规划教材

动漫游戏设计系列教程

美术基础+项目创意+程序设计+产品实训

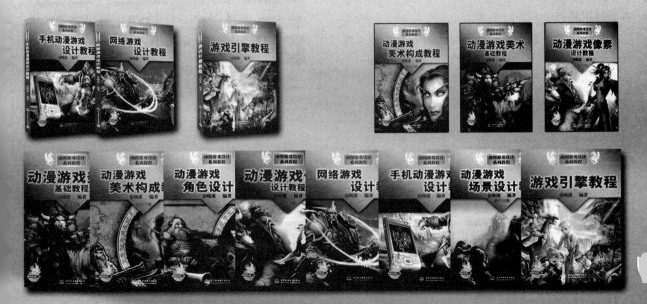

21世纪 高职高专新概念规划教材

本套教材已出版百余种，发行量均达万册以上，深受广大师生和读者好评，近期根据作者自身教学体会以及各学校的使用建议，大部分教材已推出第二版，新版教材对原书内容进行了重新审核与更新，使其更能跟上计算机科学的发展、跟上高职高专教学改革的要求。

本套教材特色：
(1) 以《基本要求》和培养为编写依据，内容全面，结构合理，文字简练
(2) 采用"问题（任务）驱动"的编写方式，便于激发学习兴趣
(3) 精选实例并将知识点融于实例中，可读性、可操作性和实用性强
(4) 配有上机指导与实训教程，便于学生练习提高

21世纪 高职高专创新精品规划教材

引进高新技术，复合技术，培养创新精神和能力，教学资源丰富，满足教学一线的需求。

"教、学、做"一体化，强化能力培养
"工学结合"原则，提高社会实践能力
"案例教学"方法，增强可读性和可操作性

21世纪 高职高专规划教材

软件职业技术学院"十一五"规划教材

本套丛书特点：
(1) 以实际工程项目为引导来说明各知识点，使学生学为所用。
(2) 突出实习实训，重在培养学生的专业能力和实践能力。
(3) 内容衔接合理，采用项目驱动的编写方式，完全按项目运作所需的知识体系设置结构。
(4) 配套齐全，不仅包括教学用书，还包括实习实训材料、教学课件等，使用方便。

电脑美术与艺术设计实例教程丛书